EL SECRETO DE LA NOCHE RUSA

RACHAEL THOMAS

D1153707

Editado por Harlequin Ibérica.
Una división de HarperCollins Ibérica, S.A.
Núñez de Balboa, 56
28001 Madrid

© 2016 Rachael Thomas
© 2017 Harlequin Ibérica, una división de HarperCollins Ibérica, S.A.
El secreto de la noche rusa, n.º 2556 - 12.7.17
Título original: A Child Claimed by Gold
Publicada originalmente por Mills & Boon®, Ltd., Londres.

I.S.B.N.: 978-84-687-9951-3
Depósito legal: M-13040-2017
Impresión en CPI (Barcelona)
Fecha impresion para Argentina: 8.1.18
Distribuidor exclusivo para España: LOGISTA
Distribuidores para México: CODIPLYRSA y Despacho Flores
Distribuidores para Argentina: Interior, DGP, S.A. Alvarado 2118.
Cap. Fed./Buenos Aires y Gran Buenos Aires, VACCARO HNOS.

Capítulo 1

NIKOLAI Cunningham se preparó para los vientos helados de su país natal mientras esperaba la llegada de Emma Sanders en el próximo tren. El cielo plomizo prometía más nieve y encajaba bien con sus sentimientos. Una profunda rabia lo invadía porque una completa desconocida se hubiera atrevido a interferir en su vida. Por su culpa, había tenido que regresar a Rusia y acercarse a una familia que lo había rechazado hacia años.

Su madre y él se habían marchado de Vladimir a Nueva York cuando había tenido diez años. La sombra de los sucesos que habían precedido a ese día todavía se cernía sobre él, amenazadora.

Cuando el tren irrumpió en la estación, Nikolai se preparó para lo que, sin duda, iba a ser uno de los peores días imaginables. Su vida estaba en Nueva York y regresar a Vladimir nunca había formado parte de sus planes. Hasta que su cruel abuela había hecho resurgir el pasado y se había ofrecido contarle la historia familiar a la revista *El mundo en imágenes*.

También a él lo habían localizado desde la redacción, tal vez, porque su abuela les había dado el apellido nuevo que había adoptado. Pero él se había negado. Al menos, hasta que había descubierto que su abuela había estado dispuesta a hablar y exponer todo lo que su madre y él habían querido dejar atrás. Lo más probable era que la señora Petrushov tuviera la intención de culpar a su madre de todo, pensó.

Para protegerla de su doloroso pasado y para impedir que su nombre se viera vinculado al apellido Petrushov, Nikolai no había tenido más remedio que regresar.

Apartado del gentío, observó cómo los viajeros se bajaban del tren. Echándoles un vistazo, trató de recordar la imagen que había visto de la señorita Sanders en internet, para reconocerla entre los recién llegados. Entonces, la vio, envuelta en un grueso abrigo al estilo ruso. Solo su rostro era visible bajo una enorme bufanda y un gorro.

Ella miró a su alrededor con gesto nervioso, aferrándose a su pequeña maleta con manos enguantadas. Podía haber pasado por rusa perfectamente, pero su inseguridad y su aspecto aprensivo la hacían destacar como extranjera en Vladimir.

Aceptando que tenía que hacer aquello y encararse a lo que fuera para proteger a su madre, Nikolai se subió el cuello del abrigo y caminó hacia ella. La joven lo miró, observando cómo se acercaba por el andén con determinación.

–Señorita Sanders –dijo él, deteniéndose ante ella, fascinado por lo alta que era.

–¿Señor Petrushov? –preguntó ella con voz clara y bien modulada.

Sus ojos verdes le recordaron a Nikolai al musgo de los bosques rusos en verano. ¿Por qué se fijaba en esos detalles?

Furioso por haberse distraído un segundo de sus objetivos, Nikolai apretó los labios. Hermosa o no, la señorita Sanders no había hecho una buena labor de documentación sobre él. Habían pasado diecisiete años desde que se había cambiado el apellido de Petrushov por el de su padre adoptivo, Cunningham.

–Nikolai Cunningham –le corrigió él y, antes de que ella pudiera hacer alguna pregunta, continuó–: Espero que tuviera un buen viaje en tren desde Moscú.

–Lo siento –repuso ella, frunciendo el ceño confusa–. Sí, señor Cunningham.

Nikolai se negaba a dar explicaciones acerca de por qué un ruso tenía un apellido tan norteamericano. Eso no era asunto de aquella joven.

Envuelta en un grueso abrigo para protegerse del frío viento, tenía unos ojos verdes preciosos. Sin embargo, eso no bastaba para distraer a Nikolai.

–Debe de ser la señorita Sanders, de *El mundo en imágenes*, ¿verdad? –inquirió él, pensando que era la mujer que pretendía destapar el pasado de su madre, sin duda, para ascender en su profesión.

–Por favor, llámame Emma –contestó ella, tendiéndole una mano enguantada.

Nikolai no se la estrechó. La miró a los ojos, preguntándose de qué color sería su cabello, cubierto por un gorro. Su foto de internet no la hacía justicia. Era bellísima.

Irritado, se dijo que no era la mujer más indicada para despertar su interés. Su presencia en Vladimir solo demostraba que tenía el poder de hacerle daño a su madre. Por eso, él debía asegurarse de que nunca supiera cuál había sido la verdadera y trágica historia de su familia.

Tenía planeado distraerla con la belleza del invierno ruso. Le había organizado varias visitas con atractivo fotográfico para mantenerla alejada de la verdad. Lo único que tenía que hacer era impedir que se reuniera con su abuela, a la que él no había visto desde los diez años. Aunque no sabía cómo iba a lograrlo.

–Deberíamos protegernos del viento –propuso él con firmeza, tratando de ignorar lo mucho que los ojos verdes de la joven le recordaban a los veranos de su infancia en Vladimir. Hacía mucho tiempo que había dejado de pensar en aquellos tiempos–. Me he tomado la libertad de reservar habitación en el mismo hotel que tú. Así podré estar más a mano, si me necesitas.

Sus razones eran mucho menos honorables. Lo único que quería era asegurarse de que la señorita Sanders no entrara en contacto con su abuela y nunca supiera cómo su familia había quedado destrozada por la mentira.

–Gracias –dijo ella, sonriendo–. Eres muy amable.

Satisfecho, Nikolai sonrió también. Solo serían unos pocos días y podría regresar a Nueva York y olvidarse de todo, se dijo.

–El hotel tiene un salón muy cómodo donde podemos hablar sobre qué necesitas para hacer tu artículo.

Ella creía que estaba siendo amable. ¿Qué pensaría si supiera que estaba decidido a ocultarle todo lo que pudiera, a pesar de los intentos de su abuela de echar a perder el apellido familiar? Ese era otro asunto del que tendría que ocuparse, pensó Nikolai. Pero, por supuesto, la señorita Sanders no podía ser testigo de la reunión.

–Es buena idea –señaló ella, rio con suavidad y se tapó la boca con la bufanda.

Al ver sus ojos chispeantes, Nikolai adivinó que le estaba sonriendo. Eso le produjo una reacción de placer inesperada, que no encajaba bien con la irritación que lo había invadido cuando había averiguado que su abuela había accedido a entrevistarse con ella para la revista.

—Deja que te ayude —se ofreció él, tomando su pequeña maleta y su mochila con la cámara. No llevaba mucho equipaje, advirtió, y eso era buena señal. Significaba que no pensaba alargar la estancia de tres días de la que le había hablado en un principio, al concertar su encuentro.

—Gracias —contestó ella, se bajó un poco la bufanda y le mostró una preciosa sonrisa.

De pronto, Nikolai experimentó el urgente deseo de besar esos labios. Al instante, reprimió aquel pensamiento. No era momento adecuado para pensar en sexo y, menos aun, con esa mujer.

—Por aquí, señorita Sanders —indicó él, ignorando la invitación que ella le había hecho para usar su nombre de pila. Con paso decidido, se encaminó al hotel. Esperaba que la decisión de alojarse en el mismo sitio que ella no hubiera sido un error.

Después de haber conocido a Emma Sanders, sabía que podía encandilarla y distraerla. Le hablaría de la parte romántica de su historia familiar, tal y como ella esperaba. El único problema era que, tal vez, podía ser él quien cayera bajo el embrujo de los encantos de la periodista.

—Imagino que estás acostumbrado a este frío, pero para mí es algo nuevo —dijo ella, mientras entraban en el edificio.

La calidez del hotel, diseñado como una aldea con pequeñas y acogedoras cabañas, le dotaban de un aire íntimo y romántico. Eso serviría bien a sus propósitos, caviló Nikolai. Pronto, convencería a Emma Sanders de que le estaba contando toda la verdad sobre su familia.

—Yo vivo en Nueva York, señorita.

—Ah —repuso ella y se quitó el gorro—. Lo siento. Creí que vivías aquí con tu abuela.

Él la contempló mientras se quitaba la bufanda. Tenía el pelo largo y liso de color negro. Por un momento, estuvo a punto de olvidarse de qué hacía ella allí y del poder que tenía para hacerle daño a su madre. Por un instante, solo deseó poseerla. No era posible, se reprendió a sí mismo. No debía dejarse atraer por ella.

—Nunca saque conclusiones apresuradas, señorita —dijo él, sin poder evitar ocultar cierta irritación. Era una mujer hermosa y su cuerpo, desobedeciendo a su mente, reaccionaba sin remedio al verla.

Confusa de nuevo, Emma lo miró con el ceño fruncido.

—Eso es algo que la vida ya me ha enseñado, señor Petrushov.

—Cunningham —le corrigió él, de nuevo. Sin embargo, la forma en que ella había hablado, con un atisbo de miedo en el rostro, le hizo suavizar su tono. No debía ser tan agresivo, si quería mantenerla lejos de la verdadera historia de su familia. Quizá, si jugaba la baza de la atracción que podía haber entre ellos, lograría distraerla.

Por otra parte, Nikolai sintió curiosidad por saber a qué se había referido ella cuando había insinuado que la vida no le había resultado fácil. Sin embargo, se resistió a preguntárselo, temiendo que la conversación pudiera terminar dirigiéndose en su contra. Había aprendido a dar solo la información sobre sí mismo estrictamente necesaria para satisfacer a la gente, ocultando el resto del iceberg bajo la superficie.

–Entonces, nos entenderemos bien –señaló él. Se quitó el abrigo y los guantes y los colgó en un perchero. A continuación, tomó los de ella de sus manos, rozándola sin querer. Perpleja y con los ojos muy abiertos, Emma apartó la mano. Entonces, entreabrió los labios y él tuvo el deseo incontrolable de besarla. No con suavidad, sino con la clase de beso que conducía al sexo desenfrenado y apasionado.

¿En qué diablos estaba pensando?, se reprendió a sí mismo.

Sonrojada, Emma dio un paso atrás. Sus ojos se oscurecieron, tornándose del color del océano profundo. Ella también había sentido la chispa entre ambos, no había duda. Si hubiera sido cualquier otra mujer, Nikolai no se lo habría pensado dos veces y habría atacado. Pero no era una mujer cualquiera. Era la periodista que podía hundir la reputación y la felicidad de su madre, algo que él no consentiría de ninguna manera.

–Sí, sí. Nos... entenderemos muy bien –replicó ella, atragantándose con las palabras.

Él sonrió satisfecho. Jugar la carta de la atracción le serviría bien a sus propósitos. Y un leve roce podía desarmar a Emma Sanders, sería un placer utilizar esa clase de artimañas para mantenerla alejada del pasado de su familia.

Emma estaba molesta consigo misma porque apenas podía articular una frase mientras Nikolai Cunningham la observaba. Le había nublado la mente y acelerado el corazón desde el primer momento en que lo había visto. Una inesperada chispa había saltado, envolviéndola en un embrujo inexplicable.

Pensó en Richard, el hombre con el que siempre había querido salir, y lo comparó con el ejemplar poderoso y viril que tenía delante. Richard era guapo, pero inofensivo. Sin embargo, el atractivo de Nikolai irradiaba peligro. Estremeciéndose, se recordó a sí misma que ese hombre tenía la llave a su éxito profesional. Si cumplía satisfactoriamente con el encargo que le había hecho la revista, eso le aseguraría un puesto fijo en la redacción.

Lo que pasara en los próximos días marcaría su carrera como fotógrafa. Y, sobre todo, le daría unos ingresos fijos, algo que necesitaba como el agua para poder mantener a su hermana pequeña, Jess, y sufragar su sueño de convertirse en bailarina. Las dos habían sufrido tanto en la vida, yendo de un orfanato a otro, que quería hacer todo lo que estuviera en su mano para hacer feliz a Jess. Podía hacerlo. Y, si Jess era feliz, ella también lo sería.

El hombre alto y moreno que acababa de hacerle subir la temperatura al máximo había sido muy frío con ella al principio de su encuentro. Por alguna razón, sin embargo, su actitud había cambiado hacía minutos. Había comenzado a mirarla de forma distinta, cargando el ambiente de sensualidad. Tanto que ella no estaba segura de cómo reaccionar. Pensar en Richard nunca le había acelerado el pulso de esa manera.

–Te acompañaré a la reunión con Marya Petrushov, mi abuela, pero primero te llevaré a varios lugares que pueden interesarte para sacar fotos.

Por la forma en que él pronunció el nombre de la señora Petrushov, Emma intuyó que era mejor no oponerse. De inmediato, adivinó que no se llevaban demasiado bien y se preguntó cada cuánto tiempo vería él a su abuela.

Aplacando su curiosidad por el momento, levantó la barbilla con determinación.

–No solo necesito fotos de paisajes, señor Petrushov, sino de su abuela con usted... y otros miembros de la familia.

Su cometido era introducirse en la vida de la familia rusa que había amasado una fortuna inmensa en unas pocas décadas y retratar su forma de vida. Si no cumplía lo que le habían encargado, nunca conseguiría ese contrato que necesitaba para pagar la escuela de ballet de Jess. El hecho de que estuvieran en un pueblo a una noche de distancia en tren de Perm, donde estaba la famosa escuela de ballet que había admitido a Jess, debía de ser una señal. Todo iba a salir bien.

Sin embargo, en ese instante, al mirar a Nikolai, Emma empezó a dudarlo. Su pose dominante y autoritaria la intimidaba. Aunque jamás dejaría que él lo supiera. Debía de estar acostumbrado a manejar siempre la situación. Pero ella no podía dejarse achantar. Debía de mantenerse firme en su propósito.

–No hay más miembros de la familia, señorita Sanders –mintió él, mientras se dirigía a un grupo de sillas junto a la chimenea.

Emma lo siguió, decidida a no desistir tan fácilmente. Solo le quedaba una semana para estar en Rusia y quería ir a visitar a Jess antes de volver a Londres.

Nikolai le hizo una seña para que sentara y, acto seguido, se sentó a su lado. Observando cómo estiraba las largas piernas, Emma trató de contener los nervios. Deseó poder adivinar qué pensaba, pero sus negros ojos eran indescifrables.

–Una foto de la señora Petrushov...

Antes de que Emma pudiera terminar la frase, él se

inclinó hacia delante, acercándose a pocos centímetros, dejándola sin habla.

–No.

La rabia que latía bajo aquel monosílabo impregnó el ambiente. Entonces, como si hubiera comprendido lo duro e inexorable que había sonado, Nikolai se echó hacia atrás y ofreció una explicación.

–No he visto a mi abuela desde hace años, así que no será posible tomar un entrañable retrato familiar, señorita Sanders.

Las cosas no iban bien, se dijo Emma. A cada segundo, se desintegraba su sueño de armar el reportaje fotográfico con facilidad e irse volando a ver a Jess.

–Bueno, señor Petrushov... perdón, Cunningham... –balbuceó ella, mordiéndole el labio. Para empeorar las cosas, había vuelto a llamarlo por su antiguo apellido. Al parecer, por cómo él apretaba la mandíbula, era algo que odiaba–. No sé qué problema tiene conmigo, pero he venido para hacer mi trabajo. Su abuela aceptó que alguien de *El mundo en imágenes* la entrevistara y la fotografiara y mi labor es cumplir ese objetivo.

Emma lo miró sin titubear, deseando poder igualar su aire de dominio. Al mismo tiempo, se preguntó por qué había accedido a ocuparse de la entrevista, cuando lo suyo era la fotografía. La respuesta estaba en su determinación para conseguir el puesto y poder pagarle los estudios a su hermana.

Nikolai le devolvió la mirada, deteniéndose un momento en sus labios. De inmediato, el mundo desapareció alrededor de Emma. La temperatura subió varios grados. No, se dijo a sí misma. No era buen momento para dejarse engatusar por un hombre y, menos, por ese hombre.

Durante toda su adolescencia, había sido fiel a su juramento de no sucumbir a la tentación con ningún hombre. Lo había conseguido hasta que había conocido a Richard, un colega fotógrafo y el primer hombre que le había prestado atención. Ella había esperado que su amistad hubiera llegado a más pero, en dos años, nada había cambiado, hasta que Richard había empezado a salir con otra mujer.

—Y mi deber es asegurarme de que no molestes a mi familia con tu intromisión —dijo él, muy despacio, con ojos brillantes y feroces.

¿Intromisión?, se dijo ella. Pero si la señora Petrushov había accedido...

—No quiero molestar a nadie —aseguró ella, mirándolo a los ojos. Su vida con su madre, antes de que las hubiera abandonado a Jess y a ella, le había enseñado que no se podía combatir el fuego con fuego. Si pretendía igualar su fuerza y determinación, nunca conseguiría cumplir con su trabajo. Bajó la vista un instante, antes de volver a mirarlo con párpados entornados—. Lo siento. ¿Podemos comenzar de nuevo?

Su petición tomó a Nikolai por sorpresa. Hacía unos minutos, se había mostrado indignada y dispuesta a luchar. Y, de pronto, parecía dócil y complaciente. Un cambio tan drástico le llenaba de sospecha. ¿Acaso creía ella que podía manipularlo?

—¿Quieres que volvamos allí fuera y nos estrechemos la mano?

Cuando ella se sonrojó ligeramente, Nikolai sonrió para sus adentros.

—No —dijo Emma, riendo, haciendo que sus ojos verdes brillaran con reflejos dorados—. Creo que debemos empezar de cero la conversación. Tomemos algo caliente y pensemos cómo podemos ayudarnos el uno al otro.

Eso sí que sorprendió a Nikolai. Sin duda, ella tramaba algo. Quería manipularlo, igual que había hecho su prometida, hasta que él había descubierto la farsa y había roto su compromiso. Solo le había querido por su dinero.

—No creo que puedas ofrecerme nada de mi interés, señorita Sanders, pero tomaremos algo y te explicaré lo que vamos a hacer los próximos días.

Sin darle tiempo a responder, Nikolai llamó a un camarero y pidió té. Cuando Emma afiló la mirada con interés, él se percató de que había utilizado con el camarero su idioma natal, el que había empleado de niño, hasta que su mundo se había hecho pedazos por el doloroso secreto de su madre.

Era un secreto que todavía le hacía daño. E intuía que su abuela tenía la intención de revelárselo a la periodista.

—Por favor, llámame Emma —insistió ella y se recostó en su asiento—. ¿Puedo llamarte Nikolai?

—Sí —respondió él, tratando de ignorar cómo los vaqueros de su interlocutora resaltaban unas piernas largas y esbeltas. Cuando se había ido de Rusia de niño, había querido cambiarse el nombre a Nick, pero no lo había hecho porque su madre así se lo había rogado. Le había pedido que lo conservara como muestra de sus raíces.

—Tengo la impresión de que no quieres que hable con tu abuela, Nikolai. Y fue ella quien contactó con la revista para el reportaje. Eso me hace pensar que hay algún secreto que quieres ocultar.

—Qué aguda —comentó él. Al parecer, había subestimado a esa mujer. Su aspecto inocente y tímido no era más que una máscara. Como su ex, debía de ser la clase de persona dispuesta a todo con tal de lograr sus fines.

—Tal vez, podemos llegar a algún acuerdo. Yo puedo tener suficiente información para completar mi trabajo y tú mantener la privacidad de tu familia —propuso ella y lo miró arqueando las cejas con gesto de triunfo.

Le dejaría creer que había ganado, decidió Nikolai. Pero solo por el momento.

—Con una condición —dijo él y tomó un trago de su taza. En los ojos de la periodista, adivinó un atisbo de ansiedad... y miedo.

—¿Que condición?

—Que me expliques por qué este trabajo es tan importante para ti. ¿Por qué has recorrido medio mundo desde Nueva York hasta Vladimir para escuchar las divagaciones de una anciana? —inquirió Nikolai. En realidad, no sabía si su abuela divagaba. La última vez que la había visto había tenido diez años y había sido en el funeral de su padre. Entonces, no había comprendido por qué su abuela los había marginado a su madre y a él. Había tenido que esperar seis años más para conocer la terrible verdad y se había jurado hacer todo lo que pudiera para evitar que su madre siguiera sufriendo. Un juramento que pensaba mantener.

—Acepté el trabajo porque era una forma de venir a Rusia. Era como si el destino me diera la oportunidad perfecta. Mi hermana, Jess, tiene una plaza en la Escuela de Ballet de Perm y tengo la intención de pasar unos días con ella —explicó Emma con ojos brillantes de emoción.

Nikolai la observó un momento e imaginó que ella

había disfrutado una infancia feliz y había tenido la oportunidad de formar vínculos con su hermana. Él, por el contrario, no había sido tan afortunado gracias a la brutal actuación de su padre, un hombre al que no quería reconocer como parte de su familia.

–¿Tu hermana está aquí? ¿En Rusia? –repitió él. No había esperado algo así. Había investigado el historial de Emma Sanders antes de recibirla, pero se le había escapado esa información. Sabía que ella tenía deudas y que no era conocida en el mundo de la fotografía. Aparte de eso, no había encontrado nada significativo que pudiera usar para manipularla a su favor.

–Sí, el ballet es su sueño y pretendo ayudarla a lograrlo –afirmó ella con orgullo–. Solo tiene dieciséis años y, al aceptar este encargo, tengo la oportunidad de verla antes de regresar a Londres, aunque sea unos pocos días.

Al menos, Nikolai ya entendía por qué había aceptado el trabajo. Al principio, había sospechado malas intenciones. Pero la verdad era que Emma no había tenido dinero suficiente para volar a Rusia y ver a su hermana y, por eso, había decidido aceptar el encargo de la revista. Sin embargo, sí le quedaban dudas respecto a los motivos de su abuela para instigar el encuentro. ¿Qué quería conseguir la señora Petrushov? Y había otra cuestión. ¿Cómo de lejos estaba dispuesta Emma a llegar para impresionar a sus jefes y ascender en su trabajo?

–Entonces, podemos ayudarnos el uno al otro, Emma. Yo puedo llevarte a lugares relacionados con el pasado de mi familia, para que hagas todas las fotos que desees...

Ante la intensa mirada de su interlocutor, Emma no pudo evitar sonrojarse. Se mordió el labio inferior.

–¿Y luego puedo ver a tu abuela y hacerle algunas preguntas? –preguntó ella con voz demasiado ronca y suave.

–Sí, pero primero te llevaré a sitios vinculados a mi familia –repitió él, esforzándose por mantener a raya el deseo que lo invadía–. Ya lo he organizado todo para mañana.

Ella sonrió contenta, como si le hubiera entregado lo que quería.

–En ese caso, me parece excelente pasar unos días contigo.

Por desgracia para Nikolai, a él también le parecía excelente. La única mujer que quería apartar de su vida le resultaba demasiado irresistible.

Capítulo 2

A LA MAÑANA siguiente, Emma estaba emocionada. Después de un mal comienzo, todo se había enderezado y, gracias a la ayuda de Nikolai, podría terminar su trabajo deprisa e ir a ver a Jess. Pero no era solo eso. También estaba emocionada ante la perspectiva de volver a ver a Nikolai Cunningham. Estaba segura de que no era un hombre tan severo como había creído cuando lo había visto al bajar del tren. Entonces, había sido la imagen misma del poder y la autoridad y había deseado poder captarlo con su cámara en ese mismo instante.

Cuando se encontraron, la emoción no se disipó, sino que creció aún más. A Emma le ponía nerviosa y no entendía por qué. Se había pasado años idolatrando a Richard y no quería caer bajo el hechizo de otro hombre... sobre todo, uno tan inalcanzable como Nikolai Cunningham.

–¿Adónde vamos ahora? –preguntó ella, mientras recorrían en coche el paisaje nevado.

–Al sitio que fue mi hogar hasta los diez años. Está a las afueras de Vladimir –contestó él con gesto serio, sin apartar los ojos de la carretera.

Emma tuvo la sensación de que era el último sitio al que Nikolai querría ir. Y se preguntó por qué la estaba llevando allí. No tenía aspecto de ser un hombre complaciente. En absoluto.

–¿Y quién vive allí ahora? ¿Tu abuela? –quiso saber ella. Debía recordar cuál era su misión y centrarse en su trabajo. Sin embargo, lo que había tenido en mente cuando le habían pedido retratar a la familia rusa estaba muy lejos de la realidad que se le presentaba. Aquella no debía de ser una historia de cuento de hadas, aparte del ascenso meteórico de Nikolai en los negocios, cuando había ampliado la empresa inmobiliaria de su padrastro.

Como única respuesta, él permaneció en silencio. Emma clavó los ojos en el camino que, de pronto, desapareció bajo la nieve delante de ellos. Parecía como si nadie hubiera pasado por allí desde hacía mucho tiempo. ¿Estaría la casa vacía?

Nikolai soltó algo que sonó como una maldición en ruso. Emma posó los ojos en él y, luego, en la derruida fachada de lo que, en sus tiempos, debía de haber sido una fantástica mansión. Tenía torretas redondeadas con almenas y tejados de aguja que se alzaban hacia el cielo plomizo. Las ventanas, que habían sido sustituidas por negros boquetes de distintos tamaños, parecían observarlos vigilantes.

Emma trató de hacer encajar las piezas con la poca información que tenía de Nikolai. Era obvio que él no había esperado encontrar la casa en ruinas. Ella había planeado tomar fotos del lugar donde el magnate ruso había crecido. Sin embargo, en ese momento, no le parecía lo correcto.

Nikolai salió del coche, como si se hubiera olvidado de su presencia. Ella esperó unos segundos sentada dentro, hasta que su alma de fotógrafa la impulsó a salir también, cámara en mano. La imagen de su figura solitaria, vestido de negro, parado ante el edificio abandonado sobre la blanca nieve era una tentación demasiado grande. Tenía que tomar una foto.

En silencio, para no molestarlo, caminó hacia él. Y empezó a disparar su cámara. Nikolai estaba demasiado absorto en sus pensamientos como para darse cuenta. Aquellas fotos contaban una historia de pérdida y de dolor. Se las guardaría y no las usaría para su reportaje, decidió ella.

—Aquí vivió mi familia antes de que mi padre muriera —informó él sin volverse hacia ella. Su tono sonaba helador—. Es la primera vez que vengo desde que tenía diez años. Mi madre y yo nos marchamos, entonces, para iniciar una nueva vida en Nueva York.

—Debió de ser duro —comentó ella, acercándose un poco más. Pero la fría mirada de él hizo que se parara en seco. Solo quería decirle que sabía lo que era ser desplazada, apartada de su origen. Jess y ella habían rodado de una casa de acogida a otra y sabía lo que era tener una infancia difícil.

—¿Duro? —repitió Nikolai, sin apenas poder controlar su rabia. Estaba furioso con esa mujer, que le había obligado a desenterrar su pasado y, también, con su abuela, instigadora de todo—. No creo que puedas entenderlo.

Nikolai creyó que la periodista diría algo para defenderse. En lugar de eso, ella se encogió de hombros, volvió al coche y sacó la mochila de su equipo fotográfico. La observó mientras colocaba el trípode y empezaba a tomar fotos de la casa. Cada vez que escuchaba un disparo, era como si una puerta del pasado se abriera para él.

—¿Tienes recuerdos felices de este lugar? —inquirió ella.

Nikolai trató de concentrarse en lo hermosa que estaba Emma rodeada de blanca nieve. Quizá, eso lo distraería del pasado.

Sin embargo, no pudo ser. Una sensación de terror lo invadió al verse como un niño de ocho años, escondido bajo una valiosa mesa antigua de la que su padre estaba muy orgulloso. Se había ocultado ahí en busca de seguridad, creyendo que su padre no se atrevería a desatar su furia contra el preciado mueble. Pero se había equivocado. Mientras su madre había suplicado que lo dejara, el hombre había sacado al niño de su escondite y lo había levantado por los aires. Él se había retorcido, tratando de huir, aunque había sabido que, si lo hacía, su padre habría arremetido contra su madre. Por eso, para evitarle a ella más golpes, le había gritado al patriarca palabras de odio. Después de eso, no recordaba lo que había pasado.

No quería recordarlo.

Debía cerrar el cajón de los recuerdos de su mente.

—No, de aquí, no —replicó él y se acercó a Emma para ver con ella las fotos que había tomado de la casa. En la pantalla, no parecían tan terribles, como si las lentes hubieran difuminado los espantosos sucesos de su pasado.

El aroma a flores de verano de Emma lo envolvió, haciéndole recordar tiempos más agradables.

—Tengo recuerdos más felices de los veranos que visitaba a la familia de mi madre.

¿Por qué le había contado eso? Nikolai se arrepintió de haberle dado esa información. Por otra parte, se dio cuenta de que la casa de campo de sus abuelos maternos era el sitio perfecto para llevarla. El encanto del lugar bastaría para distraerla de los oscuros secretos que quería ocultarle.

–¿Dónde está? ¿Cerca? –preguntó ella con interés y una radiante sonrisa.

Parecía feliz, se dijo él. Y hermosa y vulnerable.

–Sí, así es –contestó él, embrujado por su belleza.

–¿Podemos ir? –pidió ella, sonriendo, un poco sonrojada.

¿Por qué le atraía tanto esa mujer?, se preguntó Nikolai. Él prefería a las mujeres experimentadas y frías con las que solía salir. Instintivamente, sabía que Emma no era así. Era la clase de chica que soñaba con un final feliz. Sin duda, no era su tipo.

–Iremos mañana –repuso él, dando un paso atrás para apartarse de la tentación.

A la mañana siguiente, como le había dicho Nikolai, Emma lo esperó con su ropa más abrigada y llena de excitación. El día anterior, se había sentido cada vez más cercana a él. Y, aunque no le había hablado apenas de su pasado, le había dado la oportunidad de tomar fantásticas fotos de paisajes.

A Emma le gustaba... quizá demasiado. Se sentía atraída con una intensidad que nunca antes había experimentado, ni siquiera con Richard.

–¿Preparada? –dijo él, cuando se encontraron en el vestíbulo.

Como una niña a punto de ver el árbol de Navidad, Emma no supo ocultar su entusiasmo y sonrió. Él la correspondió con una sonrisa que hizo que le subiera al máximo la temperatura.

–Sí. ¿Vamos a ir a la casa de la que me hablaste ayer?

–Sí. Es la casa donde solía pasar los veranos con mi madre y mis abuelos.

Emma quiso preguntarle si su padre había ido allí

también, pero no quería arriesgarse a estropear su buen humor. Tenía la impresión de que su padre biológico había sido la causa de su súbito cambio de humor el día anterior, cuando habían visitado su casa de la infancia, pero no tuvo el valor de decirle nada.

–¿Está lejos?

–No, está a pocos kilómetros en coche y... algo más –contestó él.

Para sorpresa de Emma, la tomó de la mano y la condujo hasta el coche. A ella se le aceleró el corazón, mientras luchaba por mantener a raya el deseo que la invadía.

Ese algo más al que se había referido Nikolai resultó ser un viaje por la nieve en trineo tirado por tres caballos. Emma estaba embelesada, por la experiencia y por la proximidad de Nikolai, los dos sentados juntos bajo una gruesa manta.

–Esto es increíble. Puedo usarlo en el artículo.

–Se llama troika. Era un vehículo habitual hace cien años y ahora está resurgiendo su uso.

Emma apenas podía centrarse en sus palabras, mientras notaba el fuerte muslo de él contra el suyo, incluso bajo las muchas capas de ropa que los cubrían.

Tras un rato, el conductor de la troika se detuvo. El aire se cargó de electricidad, mientras Nikolai la miraba a los ojos en silencio.

–Gracias –susurró ella, sonrojándose.

–El placer es mío, Emma.

Al escucharle pronunciar su nombre, ella se estremeció de placer.

–¿Tienes frío?

–No, no –negó ella con timidez y bajó la vista.

Con la mano enguantada, él le levantó la barbilla

para que lo mirara. Lo que Emma leyó en sus ojos era tan peligroso como emocionante.

—Eres muy bella, Emma.

Ella tragó saliva, incapaz de moverse, clavada al asiento, sus piernas rozándose.

—No deberías decir esas cosas.

Sus palabras sonaron roncas y temblorosas. En su interior, un tumulto de románticas fantasías cobró vida. ¿De verdad él la encontraba atractiva? ¿Quería besarla? ¿Y cómo serían sus besos?

—Es la verdad.

Con el corazón acelerado, Emma luchó por calmar su respiración. A juzgar por el vaho que salía de la boca de su acompañante, él también respiraba con rapidez. Le observó el rostro en busca de cualquier señal de que estuviera bromeando o tomándole el pelo.

Pero no había nada de eso. Emma supo que estaba a punto de perderse en la magia y la intimidad del momento. Si hubieran estado en el salón del hotel, hablando como el primer día, ¿le habría dicho él esas cosas?

—No he venido aquí para enredarme con ningún hombre —advirtió ella. Aunque su cuerpo le gritaba que se tirara de cabeza a lo desconocido, su mente práctica pugnaba por ganar la partida.

—¿Tenemos que enredarnos, como tú dices? —preguntó él en voz baja y sensual.

Emma apartó la vista, hacia el paisaje nevado, y se hizo la misma pregunta. Si dejaba que la besara, como estaba segura que él quería hacer, ¿cambiaría eso algo entre ambos? No, no podía cambiar nada. Ella tenía una tarea que desempeñar y, después, continuaría con su vida lejos de allí.

–No, supongo que no –replicó ella. Deseó sonar como si fuera una mujer experimentada y se hubiera visto infinitas veces en la misma situación. La realidad era muy distinta. Ningún hombre la había contemplado nunca con tanto deseo.

Al instante, Nikolai acercó el rostro y rozó sus labios con los de ella. Emma cerró los ojos, soltando un suspiro de placer. ¿Qué le estaba pasando?

Los caballos se removieron en sus arneses, dando un súbito tirón al trineo. El cochero le dijo algo a Nikolai y ella enterró la cara en la bufanda, avergonzada. ¿Por qué se había dejado llevar así?

–El cochero dice que va a nevar. Dice que es mejor que hagamos nuestra visita y emprendamos el regreso cuanto antes.

Nikolai no había tenido la intención de besarla. Solo había querido hacerla sentir especial, venderle el cuento de hadas típico en aquel paisaje nevado de ensueño. Solo había pretendido distraerla. Pero, cuando había probado sus labios, suaves y dispuestos, todos sus planes habían quedado en segundo plano.

–Sí, sí, claro –dijo ella, conmocionada, mientras sacaba la cámara de la funda–. Tomaré unas cuantas fotos y, luego, podrás hablarme de la historia del lugar en el camino de vuelta. Prefiero estar a cubierto y calentita cuando llegue la nevada.

Nikolai se la imaginó a cubierto y calentita... en su cama. Pero no debía desconcentrarse. Su misión era despistarla y ocultarle la verdadera historia de su familia.

–Aquí es donde mi madre y yo pasábamos los veranos antes de irnos de Rusia. Con el buen tiempo, los prados están verdes y la temperatura es mucho más agradable –explicó él. Hacía muchos años que no recordaba aquellos veranos y, al hacerlo, descubrió que era una sensación placentera.

—¿Este era el hogar de tu familia materna? —quiso saber ella, mientras apuntaba para tomar una foto del único lugar donde Nikolai había sido feliz de niño.

—Sí. Pero nunca lo había visto así, cubierto por la nieve. Siempre era verano cuando venía. Me pasaba el día corriendo libre por los prados.

No había sido solo la libertad de disfrutar de la naturaleza en verano. También había sido libre del terror al que los había sometido su padre. Allí, sin él, no había tenido que correr a esconderse para que no lo golpeara, ni había tenido que preocuparse por los continuos gritos a su madre. Había sido la libertad del dolor, para madre e hijo, una especie de refugio temporal cada año. Lo que no entendía era por qué no se habían quedado allí de forma permanente.

—¿Y tu abuela está aquí para hablar con nosotros? —inquirió Emma con tono esperanzado, pensando que podía ser la misma que había concertado la entrevista con su revista.

—No. Mis abuelos murieron antes que mi padre. Marya Petrushov es la madre de mi padre, la misma que contactó con *El mundo en imágenes*. Vive en Vladimir.

—¿Podemos verla?

Nikolai se alegró de que Emma, que estaba recogiendo su equipo con despreocupación, no pudiera verle la cara. En ese momento, sin duda, debía de estar contraída por la rabia y el desprecio hacia la mujer que nunca los había ayudado ni a su madre ni a él.

—Mañana. Pero, ahora, debemos volver al hotel.

Igual que no podía retrasar más el regreso al hotel

antes de que cayera la tormenta, Nikolai sabía que no podía seguir alargando el encuentro inevitable con su abuela. Tal vez, enfrentarse a ella por primera vez sería más fácil si no iba solo. Aunque, también, podía ser la peor decisión que había tomado en su vida.

Capítulo 3

NIKOLAI miró por la ventana del bar del hotel mientras la oscuridad poblaba el exterior. La nieve caía con fuerza, lo cual era un alivio. A ese paso, no iban a poder ir a casa de su abuela antes de que Emma tuviera que regresar a Londres. Al menos, ella ya tenía algo que contar en su reportaje y podían relajarse, incluso, disfrutar de la tarde juntos.

–La tormenta de nieve es muy fuerte –comentó Emma con suavidad y un atisbo de preocupación, cuando se reunió con él en el bar.

–Es normal por aquí –repuso él, incapaz de apartar los ojos de ella. Se había puesto un vestido negro que se amoldaba a sus curvas a la perfección. La chispeante atracción que había sentido desde el principio cobró un poco más de fuerza al ver sus hombros desnudos, sus esbeltos brazos.

Emma se sentó frente a él y cruzó las piernas largas y bien torneadas. Embelesado, no pudo evitar imaginársela desnuda, rodeándolo con esas mismas piernas... ¿Lo estaría haciendo ella a propósito? ¿Era una táctica para distraerlo?

Al levantar la vista a su rostro, apreció el ligero toque de maquillaje que llevaba, resaltando sus ojos verdes y se preguntó qué aspecto tendrían llenos de pasión y deseo.

–Gracias por lo que me has enseñado. No debe de haberte sido fácil haber visto tu hogar familiar en ruinas.

La sinceridad de su comentario despertó la curiosidad de Nikolai por saber cómo había sido su infancia. Recordó cuando Emma le había insinuado que comprendía su sufrimiento. ¿Habría sido la vida también dura para ella?

–¿Y tu hogar familiar?

Al instante, Emma apretó la mandíbula, poniéndose tensa. Al parecer, no era la única con secretos, pensó él.

–No tuve la suerte de poseer uno. Mi hermana y yo nos quedamos al cuidado de los servicios sociales cuando éramos pequeñas –contestó ella y tragó saliva.

Él tuvo deseos de tomarla entre sus brazos para consolarla por todo lo que había tenido que sufrir... aunque sabía que, pronto, el consuelo se convertiría en otra cosa.

–No pretendía disgustarte –aseguró él. Al inclinarse hacia delante, el aroma de Emma lo envolvió, incendiando su deseo. Sus miradas se entrelazaron.

–Es justo, después de lo mal que lo pasaste tú ayer. Debió de ser muy doloroso ver tu casa así –insistió ella.

De pronto, sus caras estaban muy cerca, casi pegadas. La atracción era innegable. Embotado por las reacciones de su cuerpo, Nikolai contempló cómo los labios de ella se movían y hablaba de nuevo.

–Me siento responsable de eso.

Cuando Emma bajó la vista de nuevo a sus manos, entrelazadas sobre el regazo, algo extraño le sucedió a Nikolai. Sintió el súbito impulso de tocarla. Alargó la mano y le levantó la barbilla con la punta del dedo.

La chispa de atracción que había saltado entre ellos desde el momento en que Emma se había bajado del tren se convirtió en una llamarada de deseo. Ambos se quedaron en silencio, mirándose. Entonces, cuando él le acarició el labio inferior, supo que había cruzado la línea y no había marcha atrás. Lo único que le cabía esperar era que ella le pusiera freno. Pero Emma no hizo nada. Se quedó quieta, con los ojos muy abiertos y, cuando él la acarició de nuevo, entornó los párpados, dejando que sus pestañas destacaran sobre su pálida y cremosa tez.

¿Tenía idea de lo mucho que lo excitaba?, se preguntó él.

—Es hora de cenar —señaló ella con voz ronca, sin poder esconder el deseo en los ojos.

Comer era lo último que quería Nikolai, pero no debía dejarse llevar por la lujuria, se repitió a sí mismo. Sobre todo, cuando había decidido que esa mujer era la menos indicada para tener una aventura con ella.

Cuando Emma cerró los ojos despacio, entreabriendo un poco los labios, Nikolai se preguntó cómo diablos iba a mantenerse frío. Era demasiado hermosa, demasiado tentadora. Entonces, comprendió que ya era tarde. Solo había una forma de sofocar la acalorada atracción que sentía.

—No es comida lo que necesito —repuso él, se acercó y presionó sus labios con suavidad contra la boca de ella. ¿Estaba loco? En el fondo, sabía que era el movimiento equivocado, pero su ansia de besarla era tan fuerte que le nublaba por completo la razón.

Emma apenas podía respirar. El mensaje en los ojos de Nikolai era alto y claro. La deseaba. Ella no tenía idea de cómo lo sabía, pues su experiencia con los hombres se limitaba a uno solo. Sin embargo, su instinto le gritaba que lo que brillaba en aquellos ojos negros era el más puro deseo.

Y ella era quien se lo provocaba.

Después de haber creído durante años que no era atractiva para el sexo opuesto, aquel hombre poderoso y viril la deseaba. Y lo peor era que ella sentía lo mismo. Quería saborear sus besos, sentir su abrazo. Estaba lejos de su hogar y todo lo que se había propuesto hacer en ese viaje se difuminaba. Pero nada de eso importaba en ese momento. La fuerza de una fulminante atracción inundaba su mente. Y la satisfacción de ser deseada solo por ser ella misma.

«Debemos vivir el momento», había dicho siempre su última madre adoptiva. Aquellas palabras resonaron en su mente, arrinconando la cruel diatriba que su padre le había dedicado la única vez en su vida que lo había visto.

De nuevo, se perdió en la intensidad de los ojos de Nikolai. Emma nunca antes había dado el primer paso con un hombre, ni siquiera con Richard. En ese momento, comprendió por qué. Lo que había sentido por su colega de profesión había sido amistad. Mientras, lo que sentía por Nikolai, desde el primer instante en que lo había visto, era mucho más fuerte. No tenía más remedio que vivir el momento. Si lo besaba, si se dejaba rodear por sus fuertes brazos, estaría haciendo, precisamente, eso.

—Ni yo —confesó ella en un susurro.

Nikolai arqueó las cejas con ojos brillantes. Y, como respuesta, inclinó la cabeza y le cubrió los labios con la boca. Un volcán estalló dentro de ella mientras la exploraba con la lengua, haciendo que todo el cuerpo se le prendiera fuego.

No podían dejar rienda suelta a sus impulsos allí. Cualquiera podía verlos.

Emma se echó hacia atrás, alarmada por cómo le latía el corazón, como a un caballo desbocado. Decidida a dejar de lado sus inhibiciones y actuar como una mujer adulta, le sonrió.

—Vayamos a la habitación.

Cuando Nikolai la escrutó un momento, ella rezó porque no pudiera adivinar lo inexperimentada que era. Un hombre como él debía de haber tenido muchas amantes y lo último que querría sería acostarse con una pobre virgen. Aunque ella no podía cambiar el hecho de que lo más lejos que había llegado con un hombre había sido un beso en los labios, sí podía vencer su timidez. Lo único que tenía que hacer era dejarse llevar y disfrutar el presente.

—No podemos compartir nada más que esta noche —dijo él, mientras la tomaba de la mano—. No quiero una relación ni comprometerme a nada. No busco un final de cuento de hadas. Quiero que lo entiendas bien, Emma.

—Los finales felices no existen —repuso ella con tono demasiado agudo—. No soy una tonta. Dentro de tres días, cada uno irá por su lado, como si esta noche nunca hubiera sucedido.

¿De dónde se había sacado todo eso?, se preguntó a sí misma, sorprendida. ¿Acaso la pasión le había nublado la mente? Estaba accediendo a tener una aventura de una noche. Ella, que siempre había soñado con un príncipe azul. Sin embargo, en el fondo de su corazón, sabía que no existía tal cosa. Su dura infancia le había enseñado que el amor no existía o, al menos, no duraba más allá de lo que duraba la pasión.

Nikolai no dijo nada. Le tomó la mano y la guio por el vestíbulo del hotel. Ella se dejó llevar. No titubeó. El deseo llenaba su cuerpo de adrenalina y excitación. Ansiaba convertirse en una mujer distinta y borrar de su mente las dudas que, sobre su valía, le había sembrado su padre.

Al fin, él se detuvo delante de su habitación y la miró con intensidad. A ella le temblaron las rodillas y se apoyó en la pared, buscando la sujeción de algo sólido.

—¿Estás segura de que esto es lo que quieres? —preguntó él en un sensual susurro. Con suavidad, le acarició la mejilla con la punta del dedo.

Emma lo miró sin pestañear. ¿Pensaba él que era un juego? Nunca había estado tan segura de nada en su vida. Tenía la certeza de que su encuentro estaba destinado a terminar de esa manera. No podía ser diferente.

—Sí —afirmó ella en un ronco murmullo, posando las manos en el pecho de él, fuerte y musculoso.

Nikolai la rodeó con sus brazos, apretándola contra su cuerpo. Al percibir la dureza de su erección, ella soltó un grito sofocado. Con la temperatura al punto de ebullición, deslizó las manos sobre su nuca y levantó la boca hacia él.

Un beso ardiente los envolvió, hasta que Emma

pensó que estaba a punto de ser consumida. La lengua de él la saboreaba, la provocaba. Y ella lo correspondía. Solo por una noche, estaba decidida a rendirse a sus propias necesidades y a hacer lo que quisiera. Por una vez en su vida, se iba a dar prioridad a sí misma, iba a confiar en que le interesaba a alguien.

Nikolai la sujetó de los glúteos, apretándola más contra su cuerpo. Cuando, al fin, sus bocas se separaron, ella dejó caer la cabeza hacia atrás, al mismo tiempo que el moño que se había hecho comenzaba a deshacérsele.

Cuando él le recorrió el cuello con los labios y fue bajando hasta su escote, Emma soltó un suave gemido de placer. Pero no era suficiente. Quería más.

–Llévame a la cama –pidió ella, horrorizada y excitada por su propio atrevimiento.

–Es justo lo que pretendo hacer, Emma Sanders. Puedes estar segura –repuso él. Pero, en vez de soltarla y abrir la puerta de la habitación, volvió a besarla y deslizó una mano sobre su pecho.

Una oleada de placer recorrió a Emma, mientras le acariciaba un pezón endurecido bajo la tela del vestido. No iba a poder aguantarlo mucho más tiempo. Como si le hubiera leído el pensamiento, él la soltó y abrió la puerta.

¿De verdad iba a hacer aquello? ¿Iba a entrar en el dormitorio de un hombre al que acababa de conocer?, se preguntó Emma, un poco atónita ante su propio comportamiento.

La vergüenza y el pudor amenazaron con apoderarse de ella, pero los venció armándose de valor. Con una sonrisa en los labios, caminó hacia Nikolai. Esa noche, no era Emma Sanders, sino una mujer ardiente de deseo.

Con suma gentileza, él la tomó de la mano y la condujo al dormitorio. Despacio, cerró la puerta con llave. Se quedaron a solas en la penumbra, iluminados solo por la luz de las farolas que se colaba por las persianas entreabiertas.

Nikolai miró a Emma. No quería encender la luz, aunque ansiaba ver lo hermosa que era. Tan pronto parecía segura de sí misma y seductora como inocente y tímida. Él no tenía ni idea de cuál era la verdadera Emma. Aunque, en cualquier caso, era una mujer llena de deseo. Y lo más importante era que compartía su forma de pensar. Los finales felices eran para los cuentos y ellos dos no eran personajes de ficción.

–Eres muy bella –dijo Nikolai, acercándose. Nunca había deseado a ninguna mujer tanto como a ella. Por esa misma razón, pensaba disfrutar de cada segundo. ¿Sería porque Emma no pretendía nada más que pasar una noche con él? ¿O porque ambos habían conocido el dolor y las dificultades en su infancia? En cualquier caso, no pensaba acelerar las cosas. Quería saborearla lentamente.

–Nikolai... –susurró ella.

–No es hora de hablar –repuso él con dulzura, abrazándola–. Es hora para gozar.

Antes de que Emma pudiera decir nada más, la besó, mientras ella entreabría los labios y entrelazaba sus lenguas.

Con dedos experimentados, él le bajó la cremallera del vestido despacio, sin separar sus labios. Luego, le deslizó los tirantes por los hombros y por los brazos. A ella le subían y le bajaban los pechos con la respiración acelerada. El pedazo de tela cayó al suelo, dejándola solo con un conjunto negro de ropa interior.

Emma lo miró con los ojos muy abiertos y aire inocente. De nuevo, parecía invadida de timidez. Luego, sonrió y volvió a convertirse en la diosa del deseo. Se quitó el sujetador y lo dejó caer al suelo. A continuación, sin romper contacto ocular, se quitó las braguitas de encaje. Se quedó de pie, mirándolo, con un brillo provocativo en los ojos.

¿Lo estaba retando a poseerla o a demostrar cuánto tiempo podía seguir mirándola sin lanzarse sobre ella?, se preguntó él.

–Eres más hermosa todavía desnuda... Quiero saborear cada centímetro de ti –dijo él con el pulso acelerado.

–Y yo quiero que lo hagas –afirmó ella, dando un paso hacia él. Le acarició la mandíbula con ojos tentadores.

Fue una suerte que estuviera vestido, pensó Nikolai. Si no, la habría tumbado en la cama y la habría hecho suya sin esperar ni medio segundo más.

Él le recorrió el brazo con la punta de los dedos, hasta uno de sus pechos, donde se detuvo en acariciarle el pezón.

–Y eso voy a hacer –susurró él e inclinó la cabeza para tocarle el pezón con la lengua.

Ella lo agarró de la cabeza, hundiendo las manos en su pelo, mientras él se dedicaba al otro pezón. A continuación, fue bajando hasta el estómago, sujetándola de las caderas. Con suavidad, siguió su descenso y, cuando llegó al pubis, ella lo agarró con fuerza, soltando un gemido de placer.

–No sabía que podía ser tan delicioso, tan... –musitó ella, retorciéndose de gozo.

–Lo dices como si nunca hubieras hecho el amor –comentó él, levantando la vista hacia ella.

–¿Y qué tendría eso de malo? –replicó ella y se mordió el labio inferior.

Nikolai frunció el ceño con confusión, preguntándose si esa era la razón por la que a veces se comportaba como una emperatriz de la seducción y, acto seguido, actuaba como una virgen inocente. ¿Quería ella decirle que era inexperimentada? Después de los apasionados besos que habían compartido, ¿podía eso ser cierto?

–¿Por qué lo preguntas?

–Es que yo nunca... Soy... –balbuceó ella, sonrojada.

–¿Eres virgen? –preguntó él, conmocionado. ¿Emma nunca había hecho el amor y lo había elegido para ser el primero?

–Sí –admitió ella en un susurro–. Y quiero que tú seas el hombre que me enseñe lo que es el deseo y la pasión.

Nikolai se puso en pie y la tomó de las manos, contemplándola mientras permanecía desnuda ante sus ojos, con el rostro pintado de incertidumbre. No debería desearla, no debería ser el hombre que le mostrara los placeres del sexo por primera vez. Sin embargo, un abrumador deseo de serlo lo inundó, llevando su excitación a cotas todavía más altas.

–No cambiaría nada, Emma –explicó él. Quería que ella estuviera segura de que, después de su encuentro, no habría nada más–. Si tenemos sexo, será solo durante esta noche. No quiero una relación. No necesito sentar la cabeza en el futuro próximo.

Emma le acarició la mejilla, prendiéndole fuego por donde lo tocaba.

–Yo tampoco quiero nada aparte de vivir el momento.

Él la rodeó con sus brazos, sumergiéndose en la sensación de su piel desnuda. La besó con suavidad, decidido a hacer que esa noche fuera especial para ambos.

Con un experto movimiento, la tomó en brazos y la llevó a la cama donde había pasado las dos últimas noches solo. Cuando la dejó sobre el colchón, la acarició despacio, sin dejar de mirarla a los ojos.

A continuación, se quitó la ropa, disfrutando del modo en que ella lo miraba. A Emma se le abrieron los ojos como platos al ver su erección. Él tomó su cartera de la mesilla y sacó un paquete de preservativos.

–Supongo que este es el único método anticonceptivo que tenemos, ¿verdad?

–Sí, lo es –repuso ella con timidez.

Después de ponerse el preservativo, Nikolai se colocó en la cama encima de ella, sujetándose con ambas manos a los lados de su cabeza.

–Ahora que hemos aclarado estos detalles, podemos volver a volcarnos en lo que nos ha traído aquí –dijo él, antes de besarla con pasión.

Emma lo rodeó del cuello con los brazos, apretándolo contra su cuerpo, besándolo con la misma pasión. Entonces, le rodeó las caderas con las piernas, meciéndose de forma irresistible. Si no hubiera sabido que era virgen, por cómo actuaba, jamás lo habría sospechado, se dijo él.

Nikolai no podía esperar más. Solo quería hacerla suya cuanto antes. Emma gritó y le clavó las uñas en la espalda cuando la poseyó, deslizándose dentro de ella con toda la lentitud que su ardiente deseo le permitía.

–Nikolai... –susurró ella, mirándolo a los ojos, mientras movía las caderas, incitándolo a penetrarla en más profundidad.

Enseguida, Nikolai llegó al borde del clímax. Cuando apenas podía aguantar más, ella alcanzó el éxtasis. Él también se dejó ir y ambos quedaron tumbados, jadeantes.

Capítulo 4

TODAVÍA no había amanecido cuando Emma se despertó, con el cuerpo vibrante del exquisito placer de la noche. Un movimiento llamó su atención junto a la ventana. Nikolai estaba allí parado, mirando al exterior. Su cuerpo parecía un estudio de anatomía, su musculoso torso iluminado por la luz de la calle. Se había puesto unos pantalones vaqueros. Ella se grabó aquella imagen en la mente, como si de una foto se tratara.

Tenía la frente pegada a la ventana. Parecía perdido en sus pensamientos y no reparó en el suave murmullo del edredón cuando ella se incorporó en la cama. Tenía el ceño fruncido, la mandíbula tensa. ¿Qué estaría pensando? ¿Estaba frustrado por haberse acostado con una mujer inexperimentada? ¿Le había resultado decepcionante su encuentro?

–¿Todavía está nevando? –preguntó ella, apoyándose sobre un codo. Necesitaba decir algo para romper el silencio. Deseó que estuviera nevando tanto como para cancelar sus planes para el día. Así, tal vez, él volvería a la cama.

Nunca había pensado que experimentaría lo que había descubierto la noche anterior entre sus brazos. Había sido como si hubieran encajado a la perfección. Su lado romántico ansiaba más. Pero su lado realista trató de silenciar aquellas vanas esperanzas. Una vez que se fuera de Vladimir, no volverían a verse. Para él, solo había sido una aventura, una forma de entretenerse durante la nevada. Incluso, podía haber sido una treta para distraerla de sus obligaciones profesionales. Incómoda ante aquel pensamiento, meneó la cabeza, tratando de dejarlo de lado.

Nikolai siguió mirando la nieve, como si no la hubiera oído. Justo cuando Emma creyó que iba a tener que repetirle la pregunta, se giró hacia ella. Su rostro estaba contraído por la preocupación.

–Sí.

Emma tragó saliva ante la aspereza de su voz. ¿Qué había esperado? ¿Una declaración de amor eterno porque le había dado su virginidad? ¡Eso no eran más que pamplinas!

–¿No podremos reunirnos con tu abuela? –inquirió ella, tratando de sonar calmada, como si hablar del tiempo con el hombre con quien acababa de descubrir el sexo fuera lo más normal del mundo.

Nikolai la contempló en silencio, con tanta seriedad que ella se preguntó si le habría ofendido en algo.

–¿Sería eso un problema? –preguntó él a su vez, observándola con desconfianza.

En realidad, sí, se dijo Emma. Aunque, por otra parte, no sería ningún problema, si él volviera a tumbarse a su lado. Con él había descubierto que podía ser una mujer apasionada y desinhibida. Sin embargo, la llegada del día amenazaba con hacerlo todo pedazos.

–No –musitó ella–. No pensemos en nada más hasta que amanezca.

Sus palabras disiparon la tensión momentánea. Nikolai se acercó a ella, sus ojos llenos de nuevo de deseo.

–Lo único que quiero hacer ahora es mirarte.

Emma apartó las sábanas, invitándolo a volver a la cama. Cuando él se quitó el pantalón, su erección delató que ansiaba lo mismo que ella. Cuando había aterrizado en el frío Moscú, Emma jamás había imaginado que podría experimentar una pasión tan intensa. Y sabía que aquella aventura iba a cambiar su vida para siempre.

–Quiero ser tuya hasta que salga el sol –dijo ella, ardiendo mientras él la cubría con su cuerpo.

–Hasta que salga el sol, serás mía, Emma –repitió él, haciendo saltar fuegos artificiales con sus besos.

Nikolai se dejó llevar, permitiendo que el mundo desapareciera a su alrededor mientras la besaba. ¿Cómo podía desearla tanto, como si su vida no tuviera sentido si no la tenía entre sus brazos? Cuando Emma lo acariciaba y apretaba su piel caliente contra él, solo podía pensar en que esa mujer era suya y de nadie más.

En ese momento, lo único que quería era estar dentro de ella.

–¡Nikolai! –exclamó ella, mientras su cuerpo se arqueaba para entregarse a él–. No olvides...

Él maldijo y se apartó. Había estado a punto de tener un orgasmo dentro de ella sin llevar preservativo. ¿Cómo era posible que una mujer le hiciera perder la razón de aquella manera? Sintiéndose como un inexperto adolescente, se puso el anticonceptivo, sus miradas entrelazadas.

–Ahora nada podrá detenernos –dijo él, al tiempo que ella reclamaba sus labios y su cuerpo le daba la bienvenida.

Una explosión de ardientes emociones estalló dentro de Nikolai con el clímax. Besó a Emma, que lo acompañó en la misma oleada de éxtasis. Exhausto, se dejó caer sobre el colchón y se rindió al placer de dormir en brazos de una mujer, de una manera que era nueva para él.

Cuando se despertó varias horas después, con el cálido cuerpo de Emma a su lado, la cabeza apoyada en su pecho, Nikolai no quería moverse, no quería romper la magia del momento. Nunca antes había dejado que los sentimientos entraran en su alcoba. Para él, el sexo solo había sido algo físico. Había pensado que, con ella, iba a ser lo mismo, pero cuando le había quitado la virginidad y se había convertido en su único amante, algo había cambiado.

Con gentileza, la besó en el pelo. Ella levantó la cabeza de inmediato y lo miró con una sonrisa en la cara.

—Puedes hablarme tú de tu familia, mientras nos quedamos aquí todo el día, en vez de ir a ver a tu abuela.

Él le acarició el pelo, de mejor humor que nunca.

—Si te cuento demasiado, quizá tenga que secuestrarte para siempre.

—Promesas, promesas —dijo ella, soltando una sensual carcajada.

—Ya sabes lo más importante —aseguró él y cerró los ojos, mientras ella lo besaba en el pecho—. Crecí en Rusia y, cuando mi padre murió, mi madre y yo nos fuimos a Nueva York.

—Debió de ser muy difícil para ti —comentó ella, recorriéndole el pecho con suaves caricias, como si así pudiera borrar el dolor de sus recuerdos.

—Un conocido de mi padre nos ayudó. Luego, años después, mi madre se casó con él.

–¿Y tú qué opinabas? –quiso saber ella, arqueando las cejas–. ¿Estabas de acuerdo en que se casara otra vez, en que tu padre fuera reemplazado?

Si había una pregunta en el mundo capaz de asesinar el deseo, era esa, pensó Nikolai.

–Yo nunca eché de menos a mi padre –confesó Nikolai con voz áspera.

Emma se apartó, sorprendida, para mirarlo a la cara. ¿Qué pensaría si supiera que no había sido más que el producto de una denigrante violación?, se dijo él.

–¿Qué pasó?

Por su tono de voz, no parecía estar juzgándolo. ¿Habría sufrido ella tanto como él en su infancia?

–No fue un matrimonio feliz. Mi abuela, Marya Petrushov no lo aprobaba. Le puso a mi madre las cosas difíciles, prolongó su infelicidad –explicó él, tratando de contarle lo esencial, sin tener que revelar el triste secreto que escondía. Era posible que Emma solo estuviera recabando información para el maldito artículo, caviló.

Nikolai se apartó, rompió contacto ocular. Era la única manera en que podía pensar con claridad.

–¿Por eso has estado intentando distraerme, para que no la vea?

Aquella pregunta directa contradecía la imagen inocente de Emma desnuda en su cama. Por un instante, él pensó en tomarla entre sus brazos, devorarla de nuevo y hacer que lo olvidara todo. Pero, cuando ella volvió a hablar, aquella idea se desvaneció.

–Necesito la información, Nikolai. Tengo que contar tu historia. Es mi trabajo.

¿Intentaba ella manipularlo? ¿Se había dejado engañar por el truco más viejo del mundo?, se preguntó él. ¿Acaso le había entregado su virginidad a cambio de llevarse la historia que buscaba? No debería hablarle de las intimidades de su pasado, se recordó a sí mismo. De ninguna manera, quería que la revista publicara el retrato de una familia rota por la avaricia y el poder.

Eso era, precisamente, lo que había pasado. Su madre había sido una presa fácil para un hombre hambriento de poder, que provenía de una familia pobre. Furioso, pensó que su abuela había querido vender la historia. ¿Había esperado que eso le diera dinero suficiente para vivir el resto de su vida? ¿Planeaba, incluso, chantajearlo? Por nada del mundo, dejaría que eso sucediera.

–Tendrás tu artículo –rugió él, se levantó y se apartó sin mirarla.

Emma era tan interesada como su abuela. Solo se había acostado con él para conseguir lo que había querido. Había atravesado su coraza para hacerle desenterrar recuerdos que él nunca había pretendido rescatar–. Pero, ahora, no. No, hasta que sepa cuáles serán las consecuencias de tu taimada forma de entrevistarme.

–¡Nikolai! –exclamó ella, alargando la mano hacia él.

Para no dejarse seducir por sus pechos desnudos, que le hacían subir la temperatura muy a su pesar, Nikolai se dio la vuelta. Con gesto furioso, se puso la ropa. Había sido un tonto. Había creído que la vida podía ser deliciosa sin la pesada sombra de su pasado sobre los hombros.

–Tienes que irte –dijo él, girándose hacia ella, furioso. Era una mujer engañosa y fría como su abuela, se repitió a sí mismo. Y no dejaría que hiciera daño a su madre, que ya había sufrido suficiente.

Emma parpadeó y se encogió ante su súbito cambio de actitud. ¿Dónde había quedado el tierno amante de hacía unas horas? Nikolai parecía transformado por la rabia.

—No, tenemos que hablar.

—No voy a decirte nada más —le espetó él con rostro pétreo. ¿Por qué la odiaba tanto? Ella solo había estado haciendo su trabajo. Aun así...

Cuando Nikolai se acercó a la cama, Emma se cubrió con las sábanas. Por su gesto duro e impasible, era obvio que su íntimo encuentro había terminado. Se había esfumado por completo la conexión que habían compartido la noche anterior.

Él se metió la mano en el bolsillo y se sacó una tarjeta de visita, que lanzó a la cama.

—Si quieres seguir metiendo las narices en mi vida, llámame a este número.

El corazón de Emma se quedó petrificado. ¿Cómo había sido tan estúpida como para creer que era distinto? Había pensando que habían tenido algo común, que su infancia dolorosa los había unido de alguna manera. Pero se había equivocado.

Ella tomó la tarjeta, sujetándola como si fuera a explotar en cualquier momento. El nombre de *Nikolai Cunningham* resaltaba sobre el blanco papel.

—Una última cosa —dijo ella, sin pensar—. ¿Por qué no usas tu apellido real, Petrushov? —preguntó. Era algo que había suscitado su curiosidad desde el principio.

—No quiero usar el apellido de mi padre —repuso él con dureza—. Para que lo sepas, cuando uses el sórdido pasado de mi familia para ascender en tu profesión, me cambié el apellido por el de mi padrastro cuando tenía dieciséis años.

—No voy a usar nada de lo que me has contado, Nikolai. ¿Qué clase de mujer crees que soy? —replicó Emma, conmocionada y ofendida. ¿Tan mal pensaba de ella?

–Eres la clase de mujer que cambiaría su virginidad por el éxito profesional, obviamente.

Emma se encogió, dolida, recordando cómo se había entregado a él por completo la noche anterior.

–No. No fue así.

Nikolai le lanzó una última mirada heladora y se dirigió a la puerta.

–Ahora, tienes todo lo que necesitas para echar a perder la reputación de mi madre y la mía. Ya puedes salir de mi vida –rugió él y salió dando un portazo.

Emma se quedó paralizada. Hacía solo unas horas, habían estado entrelazados, borrachos de pasión. Mientras recogía el vestido del suelo, se le escapó una lágrima. Se lo puso a toda prisa, sin preocuparse por la ropa interior. Lo único que quería era llegar a su propia habitación y encerrarse para llorar tranquila.

Una vez en su habitación, se metió en la ducha, pensando que el agua caliente la ayudaría a recomponerse. Después de un buen rato, se secó, intentando no recordar las acusaciones que Nikolai le había lanzado. ¿De veras pensaba que le había vendido su cuerpo a cambio de información?

Su móvil sonó en la mesilla. ¿Y si era Nikolai? Con manos temblorosas, lo tomó y, mientras leía el mensaje de texto de su hermana, pensó que las cosas no hacían más que empeorar. Las palabras de Jess irradiaban angustia y su tono de súplica la puso de inmediato en marcha.

Te necesito, Em, ven. Por favor.

Al fin, cuando el tren nocturno llegó a Perm, Emma se fue directa a la escuela de baile. Durante todo el trayecto, no pudo sacarse de la cabeza la conversación que había tenido con Nikolai.

–Te he echado mucho de menos, Em –dijo Jess, nada más verla.

–¿Se trata de eso? –repuso Emma, tratando de sonar calmada. Sin embargo, por primera vez, empezaba a sentirse sofocada por la obligación de cuidar de su hermana. Si no hubiera salido corriendo para socorrerla, igual, habría tenido tiempo de volver a ver a Nikolai. Al menos, quería intentar arreglar las cosas, explicarse, después de todo lo que habían compartido.

–Has estado muy lejos y hace meses que no te veo. Supongo que no podía soportar la idea de que estuvieras tan cerca y no verte.

–No estaba demasiado cerca –contestó Emma, obligándose a dejar de lado sus problemas. Con una sonrisa, abrazó a Jess–. Ha sido un viaje muy largo desde Vladimir. He tardado toda la noche en llegar.

–Espero no haber fastidiado nada –comentó Jess, de pronto cabizbaja.

–No, nada de eso –aseguró Emma. Había sido Nikolai quien había fastidiado las cosas, no su hermana. Pero ella le daría una lección. Nada de lo que él le había contado en la alcoba aparecería en su artículo.

–Bueno, menos mal –dijo Jess–. Tengo el resto del día libre. Mañana debo volver a mis clases.

–Pues tenemos que aprovechar el tiempo.

Más tarde, esa noche, después de haber pasado todo el día con Jess, Emma volvió a tener dudas. Recordó la forma en que Nikolai había estado parado ante la ventana, la desconfianza y la preocupación en sus ojos. Deseó poder dar marcha atrás en el tiempo, haber podido explicarle, convencerle de que se equivocaba respecto a ella.

En varias ocasiones, había tenido la tentación de llamarlo, para tranquilizarlo y asegurarle que no revelaría nada de lo que le había contado de su infancia. Ella sabía lo que era sentirse rechazado. ¿Era esa la razón por la que se había esforzado tanto en que no se reuniera con su abuela? ¿Había otra versión de la historia?

Si le decía que no pensaba delatar nada de lo que le había contado respecto a su pasado, ¿la creería? Al recordar cómo la había acusado de seducirlo para sacarle información, supo que nunca la creería.

Al día siguiente, tomaría un tren a Moscú y, de allí, regresaría a su casa en Londres. No tendría oportunidad de verlo. Quizá, el destino le estaba diciendo que lo que había compartido con Nikolai esa noche no había sido más que un paréntesis irrepetible en su vida.

Capítulo 5

NIKOLAI estaba parado ante la ventana de su piso con vistas a Central Park. Era un día soleado de primavera. Pero él solo podía pensar en Emma. Habían pasado casi dos meses desde la noche que habían compartido. Había recibido un mensaje de *El mundo en imágenes* dándole las gracias, aunque todavía no había recibido un ejemplar, ni había visto lo que Emma había escrito. Pero eso era lo que menos le preocupaba.

Había revivido en su cabeza cientos de veces la noche que habían pasado juntos. Poco a poco, se había difuminado su enfado ante la idea de que se hubiera acostado con él solo para sacarle información para su reportaje. Pero otra preocupación había empezado a hacer mella en él. Cuanto más lo pensaba, más temía que pudiera haber ocurrido un accidente la segunda vez que habían hecho el amor...

Una vez más, se repitió a sí mismo que no haber tenido noticias de Emma debía de ser buena señal. Sin embargo, la duda no dejaba de crecer en su mente.

Habían pasado muchas semanas desde que se había ido de su habitación en aquel hotel y había salido a dar un paseo por la nieve, para despejarse. Cuando había vuelto, Emma se había ido. Eso había reforzado su sospecha de que ella solo lo había utilizado. Lo único bueno de todo había sido que no habían tenido que reunirse con su abuela.

Furioso por haberse dejado engañar, se había marchado del hotel y se había ido a Nueva York. Aunque no había podido dejar de pensar en Emma. No se la había podido sacar de la cabeza ni de día, ni de noche. Algo había cambiado en él desde el momento en que la había conocido. Quizá, le había hecho desear cosas que no podía tener.

Nikolai había hecho lo que siempre hacía en lo relativo a los sentimientos. Evitarlos. Era increíble que, incluso, le había hablado a Emma de su infancia. Las horas que había pasado con ella en la cama debían de haberle nublado la razón. Hasta había estado a punto de revelarle su más íntimo secreto.

Había ido a Vladimir para enfrentarse a los fantasmas de su pasado, con la intención de salvar a su madre de la vergüenza de ver su historia publicada en la prensa. Pero lo que había encontrado allí, con Emma, había sido muy diferente.

Sí, había pretendido engatusarla para distraerla de descubrir la verdad. Sin embargo, en algún momento, las cosas habían cambiado. Emma le había llegado al corazón y le había provocado emociones de las que no se había creído capaz. Ni siquiera había sentido algo parecido por la mujer con la que había estado a punto de casarse. Pero Emma era diferente.

–¿En qué diablos estaba pensando? –se reprendió a sí mismo en voz alta.

Él, que se preciaba de mantenerse siempre a salvo de implicaciones emocionales, se había dejado engañar por una mujer. Incluso, empezaba a preguntarse si la virginidad de ella había sido también fingida, una farsa para hacerle creer que había sido el primero.

El hecho de que ella no lo hubiera esperado en la habitación solo echaba más leña al fuego. Encima, no había tenido noticias de ella desde aquella noche. Emma se había quedado mirándolo con los ojos muy abiertos y las sábanas apretadas contra el pecho. Él había tenido que esforzarse para no arrancárselas y volver a la cama con ella. Pero, en vez de haberse dejado ganar por el deseo, había preferido volcarse en el sentimiento de rabia. Por eso, había salido de allí como alma que llevaba el diablo.

Antes de irse, sin embargo, le había tirado su tarjeta de visita. Quizá, su subconsciente ya había sabido que aquel encuentro podía haber tenido consecuencias. Si así era, haría todo lo posible por ser el padre que le hubiera gustado tener en su infancia, en vez del hombre cruel que los había llenado de terror a su madre y a él.

¿Pero qué significaba el silencio de Emma? ¿Quería decir que estaba embarazada? ¿O significaba que su error no había tenido consecuencias?

Nikolai se miró el reloj. Eran las diez de la mañana en Nueva York. Y sería mediodía en Londres. Podía llamarla. Podía conseguir su número de teléfono a través de *El mundo en imágenes*. ¿Pero qué le respondería ella?

Una vez más, repasó lo que había pasado la última vez que la había visto. Él se había despertado y la había observado, mientras ella había estado profundamente dormida. Luego, inquieto por los fantasmas de su pasado, se había levantado. Durante largo rato, se había quedado parado ante la ventana, como si el paisaje nocturno tuviera la respuesta a sus problemas.

Emma se había despertado, entonces, y su hermoso cuerpo había vuelto a excitarlo. Él había querido perderse entre sus pechos, para no tener que enfrentarse a la verdad. Y Emma lo había engatusado para conseguir información íntima que contar en su artículo.

En ese momento, el sonido de un mensaje en su teléfono lo sacó de sus pensamientos. Nikolai lo ignoró, tratando de concentrarse en qué podía hacer. ¿Ir a Londres para verla? Tendría que averiguar dónde vivía.

Su teléfono sonó de nuevo. Molesto por la distracción, leyó el mensaje de texto y casi dejó caer el aparato como si fuera un hierro candente.

Tenemos que vernos. Estoy en Nueva York. E.

Nikolai respiró hondo. Aquello solo podía significar una cosa. Sus peores temores se hacían realidad. Emma no habría viajado a Nueva York solo para entregarle una copia de la revista. Podía habérsela enviado por correo. Quería hablar con él en persona. Sus sospechas debían de ser fundadas. Si Emma estaba embarazada de un hijo suyo, eso lo cambiaba todo.

Presionándose las sienes con los dedos, intentó pensar, pero solo se le ocurría una respuesta. Lo mismo que había temido cada vez que había pensado en Emma y en su noche juntos. Iba a ser padre. Tenía que enfrentarse a sus miedos de la infancia y demostrarse a sí mismo que no era como su padre... que era capaz de criar a un niño con cariño y ternura. Era una idea que lo aterrorizaba.

Emma llegaba tarde. Había llegado pronto a Central Park y se había entretenido tomando fotos hasta el mediodía, la hora en que Nikolai había aceptado quedar. Tratando de no pensar en la razón que la había llevado allí, se había perdido entre los caminos del parque y no conseguía recordar cómo regresar al punto acordado para su encuentro. Miró a su alrededor a los altos edificios que rodeaban el lugar, sin saber qué dirección tomar. Estaba cansada del viaje y los primeros meses del embarazo la tenía agotada. Entrando en pánico, se dijo que tendría que preguntar a alguien.

—Disculpe, ¿por dónde se va al embarcadero del lago? —preguntó Emma a una señora que empujaba un carrito con un bebé.

Mientras la mujer le respondía, trató de no mirar al niño. Sería como mirar a su futuro, un futuro al que no sabía cómo iba a enfrentarse. Nikolai le había dejado claro que no había querido nada más que una noche con ella. Podía haberlo llamado sin más y haberle comunicado por teléfono que iba a ser padre. Pero, pensando en su hijo, había decidido ir a comunicárselo en persona. Ella sabía bien lo que dolía el rechazo de un padre.

Durante todo el viaje, no había podido dejar de preguntarse qué habría hecho su propio padre si le hubieran dado la oportunidad de saber que iba a tener una hija. El día que lo había conocido, después de haberle insistido mucho a su madre para que le revelara su identidad, su padre le había dedicado unas palabras heladoras.

—Es demasiado tarde. Ahora no te quiero ni te necesito en mi vida.

—Sigue todo derecho y lo verás —le indicó la mujer con el carrito, sonriente.

Con el corazón oprimido, Emma la vio alejarse en

la dirección opuesta. Así sería ella en pocos meses, una madre con un carrito. Pero no viviría en Nueva York, ni se vería tan contenta con la vida.

Meneando la cabeza para no pensar, se miró el reloj. Llegaba quince minutos tarde. ¿Estaría Nikolai esperando todavía? El dolor del rechazo de su propio padre aumentaba su necesidad de verle y darle la oportunidad de tomar parte en la vida de su hijo. Aceleró el paso, hasta que lo vio y titubeó un momento. Aunque estaba muy lejos, lo reconoció al instante por la forma en que su cuerpo reaccionó al verlo.

Emma tomó aliento para calmar sus nervios y las náuseas que la mareaban y siguió andando. Desde que había vuelto a Londres, se había estado despertando mareada cada mañana. Al principio, había creído que había sido por su mala experiencia con Nikolai. Después de todo, le había entregado su virginidad a un hombre que la había dejado plantada después de haberla acusado de embaucadora. No se le había ocurrido pensar que aquella noche podía haber tenido otra clase de consecuencias.

Los días se habían convertido en semanas, hasta que había decidido salir de dudas y comprarse una prueba de embarazo. Había tardado unos días más en reunir el valor necesario para hacérsela. Cuando al fin se había atrevido, las temidas líneas azules habían confirmado que las horas que había pasado con Nikolai habían tenido grandes consecuencias, al menos, para ella.

Intentando centrarse en el presente, Emma caminó hacia Nikolai. Debía concentrarse en lo que tenía por delante, no en el pasado. Mantuvo la barbilla alta y la mirada en él todo el tiempo. No quería demostrar ni un ápice de incertidumbre y, menos aun, de miedo.

No le asustaba su futuro, aunque iba a ser difícil. Tenía ganas de tener a su bebé en brazos, al que iba a amar con todo su corazón. Lo que sí temía era decírselo a Nikolai. Por lo rígido que parecía él, había acertado al temer ese momento, se dijo ella.

Nikolai no dio ni un solo paso hacia ella. Parecía obvio que no iba a ponerle las cosas más fáciles. ¿Quería castigarla por haberse puesto en contacto con él?, se preguntó Emma. A cada instante, su ansiedad crecía. Debería haberlo llamado nada más haberse hecho la prueba de embarazo, pensó, pero había estado demasiado conmocionada. Había tardado tiempo en aceptar la noticia ella misma. Y más aún en decidirse a contarle a Nikolai que habían creado un hijo que los uniría para siempre.

¿Cómo se le decía algo así a un hombre que le había dejado claro que no quería ninguna clase de compromiso? Su propia madre no lo había hecho bien, caviló Emma. ¿Pero era ella capaz de hacerlo mejor? Estaba a punto de descubrirlo.

Al acercarse más, sus ojos negros la atravesaron con una mirada acusadora, la misma que le había dedicado la noche que habían pasado juntos. También tenía los labios apretados con gesto hostil. Pero Emma se negó a dejarse intimidar. Igual que se negaba a admitir la atracción que había sentido nada más verlo.

No era posible que todavía lo deseara. No podía ser, se repitió a sí misma.

—Llegas tarde —le espetó él, sin moverse.

Con el corazón acelerado, Emma trató en pensar algo que decir. ¿Cómo podía seguir deseando a un hombre que la había rechazado fríamente después de que ella le hubiera regalado su virginidad?

–Me perdí en el parque... –comenzó a decir ella, tratando de hablar con firmeza.

–¿Por qué has venido, Emma? –la interrumpió él.

A pesar de su mirada furiosa, Emma no podía permitir que la hiciera sentir como una niña culpable. ¿Qué derecho tenía él a reprenderla o a pedirle explicaciones? Era él quien se había ido del hotel en Vladimir sin despedirse, después de haberle entregado su tarjeta de visita. Era él quien no se había comportado bien.

–¿Creías que lanzarme a la cama una tarjeta de visita era una despedida adecuada después de nuestra noche juntos? –replicó ella.

Pero Nikolai no se inmutó. Su atractivo rostro no delató ninguna emoción, aparte del enfado.

–Tenemos que hablar –continuó ella–. Por eso, he venido, Nikolai.

–¿Sobre las consecuencias de la noche que pasamos juntos?

Sintiéndose sorprendida y culpable, Emma lo miró, muda.

Él se acercó un poco más, dominando el espacio con su imponente presencia.

–Te refieres a mi embarazo –dijo ella al fin.

Sin embargo, sus palabras no causaron mella en el rostro pétreo de Nikolai.

–Eso es. Supongo que no has recorrido medio mundo en avión para hablarme de tu reportaje. Has venido para decirme que voy a ser padre –repuso él, mirándola a los ojos con tono acusatorio.

Emma apartó la mirada. ¿Acaso la culpaba a ella por lo que había pasado?, se preguntó. Deseó que las cosas fueran distintas, pero nada podía cambiar los resultados de la prueba de embarazo. Iba a tener un hijo de Nikolai y, a juzgar por su reacción, él no estaba en absoluto entusiasmado. Iba a tener que enfrentarse sola a su maternidad.

Dejando escapar un suspiro, Emma trató de aceptar lo que había sabido desde el principio. Cuando había ido a darle la noticia en persona, había tenido la débil esperanza de que él hubiera sido distinto de su padre. Pero, por la fiera mirada de sus ojos negros, parecía que no. Nikolai no quería tener un hijo, de ninguna manera. Estaba sola.

–Tus poderes deductivos son envidiables, Nikolai. Sí, estoy embarazada.

Nikolai trató de digerir la peor noticia que podían haberle dado. No podía ser padre, después del terrible ejemplo que había recibido de su propio progenitor, que todavía llenaba sus noches de pesadillas.

Miró a Emma, la mujer que le había robado el corazón. Desde que se habían separado, se había repetido que había sido porque había compartido con ella secretos íntimos de su infancia. Todavía no podía entender por qué lo había hecho, cuando había sabido que era una periodista, dispuesta a publicarlo todo y hacer pedazos su reputación y la de su madre. Al menos, se alegraba de haberle hablado solo del matrimonio infeliz de sus padres y no haberle revelado lo peor de la historia. Si ella supiera la verdad, no permitiría que tuviera nada que ver con su hijo. Eso era seguro. Por eso, haría todo lo posible porque Emma jamás descubriera aquella parte de su secreto.

–¿Y te fuiste de Vladimir con tanta prisa porque no podías esperar para plasmar en papel los secretos que habías descubierto sobre mí?

Nikolai revivió la rabia que había sentido cuando había descubierto que ella se había ido de Vladimir. Él había tenido que marcharse de su habitación del hotel porque había necesitado aire fresco para sofocar el deseo que lo había invadido. No había sido su intención que esa hubiera sido su despedida. Había pensado haber vuelto para haber hablado con calma con ella.

—No —negó Emma, bajando la vista.

Era lo que siempre hacía cuando un tema le resultaba difícil, adivinó Nikolai. ¿Quería ocultarle su dolor? ¿O se sentía culpable por haberse entregado a él a cambio de información? Cuando Emma volvió a mirarlo, sus ojos estaban llenos de lágrimas.

—Me llamó mi hermana y me fui poco después que tú.

—¿Te llamó tu hermana? Como ya habías logrado lo que habías querido para tu reportaje, ¿pensaste que era más importante reunirte con tu hermana, sin despedirte?

Emma palideció ante su tono helador. Pero Nikolai se negó a sentirse culpable por su brusquedad. Lo había dejado tirado para irse a jugar a las familias felices con su hermana.

—Jess estaba muy disgustada —explicó ella, rezando para que la entendiera—. Solo nos tenemos la una a la otra. Cuando me despedí de ella, me fui directa a Moscú. Pero no se me ocurrió volver a contactar contigo. Entonces, no tenía ni idea de que nuestro encuentro había tenido consecuencias.

—¿Cuándo lo descubriste?

Pensar que Emma lo sabía desde hacía semanas lo enfurecía todavía más.

—Lo he confirmado hace poco...

–Y ahora tenemos que enfrentarnos a ello –la interrumpió él con tono lúgubre.

Debería haber sido más cuidadoso, aquello era todo culpa suya, se dijo Nikolai. Pero la verdad era que nunca había sentido una atracción tan desenfrenada hacia una mujer. Para colmo, Emma tenía el poder de publicar sus secretos y hundir a su madre. ¿En qué diablos había estado pensando? Ella lo había desarmado por completo y sospechaba que lo había hecho a propósito.

–¿Enfrentarnos a ello? –preguntó ella, presa del pánico y pálida como la nieve.

–Por aquí –dijo él, ofreciéndole su brazo para encaminarse hacia la esquina del parque donde esperaban los coches de caballos. Podían hablar mientras daban una vuelta por el parque. Además, así ella no podría salir corriendo y no le quedaría más remedio que escucharlo.

–¿Adónde vamos?

–A un sitio donde podamos hablar –repuso él.

Sin embargo, Emma se resistía a moverse. Cuando él le dio la mano, la misma tensión sexual de la primera vez burbujeó entre los dos.

–Esta vez, no vas a escaparte tan fácilmente –añadió él–. Ahora estás embarazada de mi hijo, Emma.

Ante su determinación, Emma se quedó inerme. Estaba demasiado cansada para discutir y la idea de sentarse le parecía lo mejor. Caminó con él de la mano, mientras un hondo temor la atenazaba. ¿A qué se había referido Nikolai cuando había dicho que tenían que enfrentarse a ello?

–Daremos un paseo por el parque –informó él, deteniéndose junto a un carruaje de caballos.

Emma parpadeó. ¿Era otra estratagema romántica para distraerla? Entonces, recordó todo lo que había pasado en Vladimir y comprendió que eso era lo que había hecho él entonces. Había hecho todo lo posible para alejarla de conocer a su abuela. Incluso, se había abierto a ella el día en que habían hecho el amor y le había contado cosas muy íntimas sobre su infancia.

Ese día, ella había tenido la sensación de que él había querido contarle más, pero se había controlado. ¿De verdad había creído que era capaz de exponer sus intimidades en la revista? Ella solo había querido construir una historia de cuento de hadas que encajara con las maravillosas fotos que había tomado. Pero Nikolai la había acusado de haberlo manipulado para sacarle información.

–Otra vez intentas ablandarme, ¿verdad? –dijo ella, sin pensarlo, y al momento se arrepintió. Hubiera sido más inteligente no dejarle saber que había adivinado sus intenciones, pensó.

–No tengo por qué ablandarte. Necesito saber qué has publicado sobre mi familia en *El mundo en imágenes*. Luego, podremos hablar de qué pasará a continuación –indicó él y le abrió la puerta del coche con gesto caballeresco.

Emma miró a su alrededor, al parque y a los altos edificios de Nueva York, donde no había estado nunca antes. ¿Qué otra opción tenía? Estaba sola en una ciudad que no conocía, embarazada del hijo de ese hombre.

–Tengo mi portátil en el hotel. Puedo mostrarte exactamente cómo es el reportaje –señaló ella, dolida porque él prefiriera hablar de la publicación que de su bebé. Se sentó, incómoda, recordando la primera vez que había dejado que la llevara de visita turística.

—¿Usaste algo de lo que te conté después de nuestra noche juntos? —inquirió él con tono firme y cortante.

—No —negó ella, mirándolo a los ojos—. Nunca pretendí meter las narices en tus secretos, sino más bien mostrar un retrato de tu país. Fue lo que Richard me sugirió desde el principio.

—¿Quién es Richard?

—Un fotógrafo que conocí hace años. Trabaja para *El mundo en imágenes* y me ayudó a conseguir el encargo de este reportaje —explicó ella.

—¿Y qué le debes a ese Richard a cambio del favor?

Emma levantó los ojos hacia él, sorprendida por la frialdad de su tono.

—Nada. Solo quería tomar fotos de tu hermoso país y entretejerlas con fragmentos de tu historia familiar. Y lo he conseguido sin revelar nada de lo que me contaste en la cama.

—Entonces, por ahora, confiaré en ti.

Cuando el carruaje arrancó de golpe, Emma se agarró al asiento para no perder el equilibrio. De forma automática, Nikolai se inclinó hacia delante para sujetarla. Al instante, sus ojos se encontraron y la atracción que siempre había existido entre ambos se encendió de nuevo. Ella tragó saliva. No podía caer en la red de sus armas seductoras de nuevo. Solo tenía que llegar a un acuerdo sobre el bebé y, luego, irse cuanto antes. Irritada por cómo se le aceleraba el pulso y le subía la temperatura, se apartó y se recostó sobre el respaldo, mirando hacia otro lado.

Si Nikolai no confiaba en ella, ¿por qué le había

contado esas cosas en el dormitorio? ¿Había sido una treta para manipularla y dirigir sus pensamientos? De pronto, se le ocurrió que lo que él le había dicho sobre su infancia podía no ser la verdad.

–No te mentiría, Nikolai –se defendió ella, clavando la vista en los altos edificios del camino. Quizá, si se ponía a tomar fotos, podría disimular lo mucho que él la afectaba, pensó.

Disparó su cámara un par de veces, pero le resultaba imposible concentrarse. La presencia de Nikolai a su lado absorbía todos sus pensamientos. Apagó la cámara y se volvió hacia él para descubrir que la había estado observando.

–Tenemos que hablar sobre este contratiempo –indicó él, escrutando con atención la reacción de su interlocutora.

–¿Contratiempo? ¿Eso es el bebé para ti? –le espetó ella, furiosa–. ¿Y qué sugieres, Nikolai?

–Es una situación que yo nunca busqué. E implica que debemos casarnos.

–¿Casarnos? –replicó ella con un grito de alarma–. ¡No podemos casarnos!

–¿Por qué? Dame una buena razón –dijo él, mirándola con tozudez.

–Vivimos en diferentes continentes, para empezar –respondió ella, agarrándose a lo primero que se le ocurrió.

Nikolai sonrió. ¿Por qué tenía que ser tan guapo, tan imponente? ¿Y por qué se sentía todavía atraída por él?, se preguntó Emma con impotencia.

–Eso se puede arreglar. Tengo una casa en Londres, si Nueva York no te gusta –repuso él al instante, como si ya lo tuviera todo pensado.

–No es tan fácil –protestó ella, furiosa porque a él

todo le pareciera tan manejable–. Debo tener en cuenta a mi hermana y mi trabajo. Me acaban de ofrecer un puesto en *El mundo en imágenes*.

–Tu hermana estará en Perm durante unos años y tu trabajo puedes hacerlo desde cualquier parte, ¿no?

Por su tono de voz, Emma adivinó que, en efecto, Nikolai lo tenía todo bien planeado.

Nada de lo que le sugería era aceptable para ella. Quería vivir en Londres, sobre todo, después de haber conseguido el empleo que tanto había deseado. Más que nunca, además, necesitaba tener seguridad económica. No solo para ayudar a Jess con sus estudios, también tenía un bebé en camino. Pero ella sabía que su reticencia arrancaba de algo más hondo.

Abrumada por el pánico, miró a Nikolai.

–Tengo que vivir en Londres, si quiero conservar mi trabajo en *El mundo en imágenes*. Y necesito el empleo para mantener a Jess.

–Eso es fácil de arreglar.

Emma frunció el ceño, sin saber a qué se refería exactamente.

–Para ti todo es fácil.

–Jess tendrá todo el apoyo económico que necesite para perseguir su sueño, tal y como tú re referiste a sus estudios en Vladimir.

El rostro de Nikolai mostraba una severidad sobrecogedora, a pesar de la generosa oferta que acababa de hacerle. ¿O no era un regalo? ¿Era más bien una forma de comprarla?

Sí, era un chantaje. Quería que se casara con él, adivinó Emma. La idea la llenaba de angustia, después de lo mucho que había soñado en tener una boda romántica y llena de amor. El hombre que tenía delante no tenía ni un atisbo de romanticismo.

–No puedo aceptarlo –replicó ella, todavía anonada por lo que estaba pasando. Él le estaba ofreciendo un trato. Si se casaba, su hijo y su hermana tendrían estabilidad económica. Sabía que, si rechazaba su oferta, estaría cerrando la puerta a esa seguridad financiera que tanto deseaba. Peor aun, estaría negándole a su hijo la posibilidad de tener un padre.

El movimiento del carruaje, junto con sus pensamientos arremolinados, la estaban haciendo sentir mareada. El repiqueteo de los caballos sobre la calzada le resonaba como un martilleo en la cabeza. ¿Cómo podía estar sucediendo todo aquello? ¿Cómo era posible que sus horas de pasión hubieran causado un impacto tan grande en su vida?

–No –repitió ella con más firmeza–. No puedo aceptarlo.

Durante un momento, Nikolai se quedó en silencio, mirándola a los ojos, mientras la tensión crecía. Al fin, habló.

–Yo tampoco aceptaré que me eches de la vida de mi hijo. Y la única forma de que eso no pase es casándonos.

Emma apartó la vista, incapaz de seguir enfrentándose a sus ojos. Él acababa de tocar su punto débil. Más que nada, ella quería que no le diera la espalda a su hijo. Si lo rechazaba, ¿no sería eso mismo lo que había hecho su propia madre?

–Pero el matrimonio... –balbuceó ella, tratando de encontrar una solución intermedia.

–Es la única opción –la interrumpió él–. Nos casaremos, Emma. No aceptaré un no por respuesta, cuando estás embarazada de mi hijo.

Capítulo 6

ATURDIDA, Emma se quedó en silencio hasta que llegaron a la puerta de una de las joyerías más famosas de Nueva York. Entonces, poco a poco, recuperó las riendas de sus pensamientos. No podía casarse con Nikolai. ¿Por qué dejaba que la llevara a comprar un anillo de compromiso? No cambiaría el hecho de que una boda no era lo que él había buscado. No sería una boda por amor. Sin embargo, si era la única manera de darle un padre a su bebé...

¿De verdad podía sacrificar todos sus principios y sus sueños por el bien del bebé? Si dejaba a Nikolai atrás, ¿la culparía su hijo o hija después por haberlos privado de su padre?

Con ansiedad, Emma miró hacia la joyería. Al mismo tiempo, mientras sentía la cercanía de su acompañante justo detrás de ella, no pudo evitar recordar la noche que habían compartido en Vladimir. La pasión había sido intensa y poderosa. ¿Por qué no contentarse con la atracción que había entre los dos?, se dijo a sí misma.

–No estarás pensando en dejarme plantado, ¿verdad? –le susurró él al oído, rodeándola con sus brazos con suavidad.

Emma meneó al cabeza, incapaz de articular palabra, mientras su contacto la incendiaba, transportándola a la noche que habían compartido. Pero no podía dejarse embelesar, se repitió a sí misma. Debía combatir esa pasión. No podía olvidar la forma cruel en que la había chantajeado con el futuro de su hermana y de su hijo.

–No, me has dejado muy claro lo que tengo que hacer –afirmó ella y se volvió para mirarlo a los ojos. En ellos, brillaba el fuego del deseo.

De nuevo, la invadieron imágenes de su noche juntos. ¿Por qué no podía dejar de revivirla? ¿Sería porque Nikolai era el único hombre con el que había hecho el amor?

Con el corazón oprimido, Emma comprendió en qué había consistido aquella noche. Había sido solo un juego de seducción, una artimaña de Nikolai para mantenerla alejada de sus secretos. Para él, no había tenido nada que ver con el amor. Para él, no había sido más que sexo.

–Entonces, sugiero que elijamos un anillo para sellar nuestro trato.

Su voz sonaba firme y controladora. Una vez más, la estaba manipulando para que aceptara sus condiciones, caviló ella.

Llena de pánico, se dijo que no había sido así como había imaginado el momento de su compromiso. Siempre había fantaseado con algo mucho más romántico. ¿Pero qué elección tenía? Si se casaban, Nikolai no solo destinaría fondos a los estudios de Jess, también permanecería en la vida de su hijo. Siempre había soñado con tener hijos con un hombre que los mantuviera... y que los quisiera, no solo a sus hijos, sino también a ella.

–Tienes razón –dijo ella con calma, rindiéndose a lo inevitable.

–¿Estamos, entonces, de acuerdo?

–Sí –afirmó ella, sabiendo que no tenía elección–. Es la mejor solución.

Preparada para seguir adelante con ese matrimonio, con un hombre al que no había esperado volver a ver después de que la hubiera dejado tirada en el hotel, Emma prestó toda su atención a los anillos. Las piedras resplandecientes no lograban centrar su atención. Parpadeó, tratando de concentrarse en lo que le mostraban, y se dio cuenta de que tenía los ojos llenos de lágrimas.

Una vez que eligiera el anillo y se lo pusiera, el trato estaría cerrado. Significaría que ella aceptaba sus condiciones. Respirando hondo, intentó contener las lágrimas. No podía llorar. Debía de mostrarse fuerte y fría, igual que él.

–Creo que una esmeralda –comentó Nikolai, mientras la rodeaba de la cintura y la acercaba a su lado–. Para que combine con tus ojos.

¿Se había dado cuenta de que tenía los ojos verdes?, se preguntó Emma, sorprendida. Nikolai le había tendido una trampa cuando se había encontrado con ella en Vladimir y ella se había dejado engañar. ¿Habían sido sus seductores besos también parte del plan?

Por supuesto que sí, pensó.

–¿Qué te parece este? –preguntó Emma, de pronto, exhausta. El estrés del día, el embarazo y el viaje estaban haciendo mella en ella. Lo único que quería era volver al hotel y descansar.

–¿Segura que no prefieres uno más grande? –preguntó él, se apartó y se sentó en una de las carísimas sillas que había en la tienda. Parecía relajado y en su salsa.

–No –negó ella, advirtiendo cómo él la recorría con la mirada. Decidida, bloqueó el desconcertante deseo que la invadía de nuevo–. No, este es más de mi estilo.

Nikolai se levantó y se acercó a ella. Tomó el anillo, lo miró. Entonces, le tomó la mano. Con deliberada lentitud, le colocó el anillo, que encajaba a la perfección, como si hubiera sido hecho para ella.

–En ese caso, ¿quieres hacerme el honor de convertirte en mi esposa?

Emma no se lo había esperado en absoluto, después de la fría forma en que le había propuesto el trato minutos antes. El dependiente de la tienda los observaba con expectación. Ella miró a Nikolai, aturdida, buscando fuerzas para hablar.

–Sí, quiero.

Sin soltarle la mano, Nikolai se quedó mirando el anillo de oro con una banda de diamantes y una pequeña esmeralda en el centro. Ella lo observó, nerviosa. ¿Mantendría él su palabra? ¿Se ocuparía de que Jess pudiera seguir sus estudios y, sobre todo, podría su hijo contar con él?

Si no lo hacía, no tenía más que irse, se dijo a sí misma. Por lo pronto, no perdía nada por aceptar.

Aquel pensamiento rebelde, aquella vía de escape, reverberó en su mente, mientras Nikolai se acercaba un poco más e inclinaba la cabeza. Iba a besarla. Allí, en medio de la joyería.

Cuando sus labios se encontraron, las venas de Emma se convirtieron en pura lava. Le temblaron las rodillas, los párpados amenazaban con cerrársele. Antes de eso, pudo ver que él sonreía de pura satisfacción.

—Una respuesta muy prudente —susurró Nikolai antes de besarla.

Nikolai abrió la puerta del coche que había pedido mientras había estado en la joyería. Nunca había imaginado que acabaría comprando otro anillo de compromiso. ¿Pero qué otra cosa podía hacer? No podía darle la espalda a su hijo. Era su oportunidad de demostrarse a sí mismo que era mejor que su padre. El bebé no había sido fruto de una violación así que, para empezar, eso era buena señal. Pero no bastaba. Necesitaba probarse a sí mismo que no era como su padre.

Cuando vio cómo Emma se sentaba en el asiento trasero, cabizbaja, se sintió un poco culpable. Sin embargo, no tenía por qué sentirse mal, se dijo a sí mismo. Emma había ido a buscarlo para asegurar su estabilidad económica y la de su hijo. Después de que él había añadido a su hermana también a la ecuación, debía de estar más que contenta.

Lo antes posible, se casarían. Nikolai quería zanjar ese tema antes de que se conociera la noticia de su embarazo. Quería que su madre pensara que había encontrado el amor y la felicidad, algo que ella siempre había querido para él.

—¿Dónde te alojas? —preguntó él, después de sentarse a su lado.

—En un hotel en la calle Cuarenta y cuatro —respondió ella, sin mirarlo.

—Estamos haciendo lo correcto —afirmó él, tratando de contener su sentimiento de culpa, y la tomó de la mano.

Cuando Emma se volvió hacia él, el movimiento

de su pelo azabache le recordó lo suave que había sido entre sus dedos.

–¿Y si conoces a alguien con quien realmente quieres casarte? –preguntó ella.

Encogiéndose un poco por su tono de voz, derrotado y acongojado, Nikolai se dijo que eso nunca sucedería. Su experiencia de la infancia le había convertido en un hombre frío y desapegado. El amor no entraba dentro de su vocabulario.

–Eso no será problema. Aunque lo mismo te podría preguntar yo a ti.

–Ah, no te preocupes. Yo siempre había soñado con una boda de cuento de hadas. Ya sabes, con un vestido blanco precioso, damas de honor, flores y una luna de miel en algún paraíso tropical.

Al mirarla a los ojos, sin embargo, Nikolai adivinó que sus palabras no eran más que un escudo, una forma de esconder sus emociones. Pero ese era un juego en el que él ganaba a cualquiera.

–¿Y ahora?

–¿Ahora? –repitió ella, apartando la mano. Lo miró con gesto desafiante–. Ahora he crecido.

–¿Ya no sueñas con un final feliz?

–No –negó ella con rotunda convicción.

–Pues estamos de acuerdo en eso, también. Es una buena base para nuestra alianza. Tenemos un hijo que nos necesita a los dos y a ambos nos desagradan los cuentos románticos.

Cuando Emma levantó la mirada hacia él, con los ojos llenos de preguntas, Nikolai ansió volver a saborear su boca. Durante los últimos dos meses, no se había podido quitar de la cabeza el recuerdo de su beso en la nieve, igual que las horas que había pasado haciéndola suya. Habían sido esos recuerdos lo que le había impulsado a besarla en la tienda. Y sus hermosos ojos verdes no hacían más que echar leña al fuego del deseo.

–Ya hemos llegado –observó ella, sin ocultar su alivio.

–Te acompañaré mientras dejas tu habitación –comentó él, saliendo del coche.

–No voy a dejar mi habitación –le retó ella con aire desafiante, después de salir del coche también.

–Ahora estamos prometidos. No puedes quedarte aquí sola. Además, tenemos que preparar la fiesta –explicó él. ¿De verdad creía que la iba a dejar allí después de la noticia que le había dado? No iba a darle la oportunidad de dejarle plantado de nuevo, algo que sospechaba que ella pretendía hacer.

–¿Qué fiesta? –inquirió ella, sorprendida.

–Nuestra fiesta de compromiso –repuso él, como si fuera obvio–. Llamaré a mi asistente en cuanto lleguemos a mi casa. Creo que será mejor hacerla el fin de semana.

Antes de que Emma pudiera objetar nada, la tomó del brazo y la guio al interior del hotel.

–Primero, tienes que recoger tu equipaje y dejar la habitación.

Emma no podía creerse que todo fuera tan rápido. No había tenido ni idea de qué esperar cuando había hecho el viaje a Nueva York. Pero nunca había imaginado que pasaría algo así. Atravesó el espacioso ático con vistas a Central Park, poseída por una intensa sensación de irrealidad.

–No era necesario que dejara mi hotel.

–Sí lo era, Emma. Aparte de la fiesta de compromiso, que será el fin de semana, quiero que descanses –replicó él con tono autoritario.

Emma quiso rebelarse pero, como había hecho cuando Jess y ella habían sido trasladadas de una casa de acogida a otra, se contuvo. Morderse la lengua se había convertido en una costumbre a lo largo de los años.

Nikolai se detuvo ante uno de los enormes ventanales. A Emma, su figura solitaria le recordó a la foto que le había hecho en su casa familiar. Entonces, le había parecido desolado y solo. Sin embargo, en el presente, su imponente porte le recordaba que era un hombre acostumbrado a llevar las riendas de toda situación.

Emma deseó poder tomarle una foto en ese momento. Se limitó a acercarse a él. Por alguna razón, deseó experimentar la misma sensación de compañerismo que habían compartido los días previos a su encuentro sexual. Tal vez, si pudieran comportarse como amigos, su matrimonio podía tener alguna posibilidad de no ser un fracaso.

La química entre ambos seguía flotando en el ambiente. El beso que acababan de darse en la joyería lo demostraba. Sin embargo, si quería que su trato funcionara, necesitaban ser amigos. Necesitaban ser capaces de mantener una simple conversación sin tener que mantener la guardia a todas horas.

–Qué bonitas vistas –comentó ella, parándose a su lado. Tal vez, si lograban hablar de algo neutro, la tensión se disiparía–. Me gustaría hacer fotos del atardecer.

–¿Para poder venderlas? –le espetó él con dureza–. De eso se trata, ¿no? Quieres sacarme todo lo que puedas. ¿Acaso piensas exponer más detalles de mi intimidad a cambio de dinero?

–Nada de eso, Nikolai –repuso ella, tras unos instantes de perplejidad–. Solo quería hacer fotos para mí. Nunca había estado en Nueva York y, menos aún, en un lujoso ático con vistas a Central Park.

–Todavía no he visto el reportaje que vas a publicar en *El mundo en imágenes* –señaló él con ojos brillantes de rabia.

–Eso se puede arreglar –contestó ella y se dirigió a la habitación donde habían llevado su equipaje. Cuando había descubierto que él no tenía intención de pasar la noche en el mismo cuarto, había sentido una extraña mezcla de alivio y decepción.

Cuando regresó al salón, Nikolai seguía ante la ventana. Sus hombros parecían llenos de tensión. ¿Qué era lo que tanto le preocupaba? ¿Qué daño podían hacerle unas cuantas fotos y un artículo sobre su familia?

Emma dejó su portátil sobre la mesa y lo encendió, dándole vueltas a esas preguntas. Todas las familias tenían problemas que ocultaban al resto del mundo. Ella lo sabía mejor que nadie. Abrió el documento que había escrito para la revista, junto con las impresionantes fotos que había tomado en su viaje a Rusia.

–Aquí lo tienes –indicó ella, apartándose–. A Richard le ha gustado –añadió y se sentó en el cómodo sofá color crema que había junto a la mesa.

–¿Richard lo ha visto? –inquirió él, incómodo.

–Me ha ayudado mucho con sus consejos. Y no habría conseguido el contrato de trabajo sin él –respondió ella y clavó la vista en la ventana. No se atrevía a mirar a Nikolai mientras él leía su trabajo.

Después de cinco minutos de pesado silencio, Nikolai se volvió hacia ella con el ceño fruncido.

–Esto no tiene nada que ver con lo que te dije de mi familia.

–Ya. ¿Qué esperabas, Nikolai?

–No esperaba algo tan superficial y romántico sobre la vida en Rusia. Has transformado lo que te conté en algo distinto –observó él, acercándose hacia ella.

–No me contaste gran cosa, te recuerdo. Y, como no pude reunirme con tu abuela, tuve que inventarme algo.

–Nada de esto es verdad.

–¿Y qué es verdad? ¿Por qué te preocupaba tanto que conociera a tu abuela?

Nikolai se sentó con un suspiro.

–Mi historia familiar es complicada.

–Yo sé lo que son las complicaciones, Nikolai. Jess y yo las hemos vivido en carne propia –dijo ella. Al instante, sin embargo, se arrepintió. ¿Por qué le hablaba de su vida? ¿Todavía querría él casarse si supiera la clase de infancia que había tenido?

–Entonces, al menos, tenemos eso en común –comentó él con tristeza.

A ella se le encogió el corazón, igual que le había sucedido cuando lo había visto ante las ruinas de su hogar familiar. Aunque deseaba abrazarlo y consolarlo, se contuvo para no moverse.

–¿Quieres hablar de ello? –preguntó Emma, aunque conocía de antemano la respuesta. Nikolai quería mantener sus secretos bajo llave. Era lo mismo que ella había hecho para proteger a Jess, que no sabía ni la mitad de su verdadera historia.

–No, pero como pronto vas a ser parte de mi familia, hay cosas que debes saber.

A Emma se le quedó la boca seca de miedo. ¿Significaba eso que ella también debía hablarle de su infancia?

–No tienes que contarme nada que no quieras.

–Debes saber por qué vine a vivir a Nueva York y por qué no uso el apellido de mi padre, Petrushov.

Emma lo miró y alargó una mano hacia él. Una chispa invisible saltó de inmediato cuando le tocó el brazo.

–No tenemos por qué hacer esto ahora.

Ignorándola, él continuó con rostro pétreo.

–El matrimonio de mis padres no fue feliz, ni lo fue mi infancia. Cuando mi padre murió, fue un alivio para mi madre y para mí.

–Lo siento –murmuró ella, mientras cobraban vida sus propios recuerdos dolorosos de la infancia.

–Mi madre recibió ayuda de un antiguo socio de mi padre y, luego, extrañamente, se enamoraron –dijo él y, al bajar la vista a la mano de ella, frunció el ceño.

–Lo dices como si no creyeras que enamorarse es posible –señaló ella, retirando la mano de inmediato.

–Creía que había dejado claro que no creo en el amor –le espetó él, observándola con desconfianza.

A pesar de que ella había negado creer en los cuentos de hadas, Nikolai adivinaba que no era así.

–Sí –afirmó Emma–. Me ha sorprendido que reconocieras que alguien es capaz de enamorarse –añadió con una sonrisa, para quitarle peso al tema. Era mejor hacerle pensar que ella tampoco creía en el amor, decidió. No quería que supiera la verdad, que sí creía en el amor. Aunque estaba segura de que no estaba en su destino. Nunca lo estaría, si aceptaba a casarse con él solo por conveniencia.

–Bueno, a mi madre le pasó. Dejó de ser la mujer asustada que había permanecido en las sombras de su matrimonio y floreció como una persona nueva. Y fue gracias a Roger Cunningham. A los dieciséis años, cambié mi apellido legalmente por el de Cunningham, aunque ya llevaba mucho tiempo viviendo como su hijo aquí, en Nueva York.

–Ah. Ahora lo entiendo –dijo ella, recordando lo mucho que él había insistido en que no se llamaba Petrushov–. Y tu hijo llevará ese apellido, también.

–Igual que tú serás la señora Cunningham, si te casas conmigo –puntualizó él, clavando los ojos en su anillo.

Emma se preguntó si Nikolai estaría lamentando haberle propuesto matrimonio en un momento de impulsividad.

–No tenemos por qué casarnos. Yo nunca te apartaré de tu hijo, pues sé por propia experiencia lo que es crecer sin padre –aseguró ella y tragó saliva, esperando su respuesta.

–¿Tanto te repugna la idea de casarte conmigo? –preguntó él tras un momento de silencio, mirándola a los ojos.

Emma meneó la cabeza, incapaz de hablar.

Él le apartó el pelo de la cara.

–Nunca te haré daño, Emma. Lo sabes, ¿verdad?

Emma tragó saliva para no llorar ante unas palabras tan tiernas. Él le acarició la mejilla con la punta del dedo, despertando todos sus recuerdos de la noche que habían compartido.

–Sí, lo sé.

Entonces, Nikolai la rodeó con su brazo y, antes de que ella pudiera reaccionar, la besó. La resistencia de Emma se derritió como un helado en un día de verano. Sus labios desataron toda la pasión que habían estado conteniendo desde que habían vuelto a verse.

Emma todavía lo deseaba. Con todo su corazón.

–Todavía nos deseamos –observó él, cuando apartó su boca–. Al menos, eso hará nuestra unión más soportable.

Temblando por el beso, Emma parpadeó. Había estado jugando con ella, nada más. Nunca le habría propuesto matrimonio, si no hubiera estado embarazada. Y ella nunca habría aceptado, si no hubiera sido por Jess y por el bebé, se recordó a sí misma.

—Sí, así es.

Nikolai esbozó una fría sonrisa.

—Nos casaremos dentro de tres semanas. Pero, primero, tenemos que hacer la fiesta de compromiso.

Capítulo 7

LA SEMANA pasó volando, entre los preparativos para la fiesta. Emma iba a tener que enfrentarse a los amigos de Nikolai y, sobre todo, a su madre y su padrastro, en calidad de su prometida. Tenía los nervios de punta. Desde el día en que había aceptado casarse con él, Nikolai se había volcado en su trabajo y no había vuelto a besarla.

Esa misma mañana había ido de compras a una tienda que él le había recomendado para elegir el vestido para la fiesta. En aquel momento, esperaba que comenzaran a llegar los invitados, embutida en la clase de atuendo que nunca se había imaginado vestir. Se sentía como una especie de Cenicienta. Aunque le faltaba un príncipe azul que le declara amor incondicional, un papel que dudaba mucho que el padre de su hijo representara algún día.

Había estado gran parte de la tarde en el salón de belleza, con los nervios más a flor de piel con cada hora que había pasado. El vestido color crema con cuentas incrustadas se ajustaba a su cuerpo a la perfección. Pero no parecía ella. La mujer que Nikolai había conocido en Vladimir había desaparecido, dejando paso a alguien con un aspecto mucho más sofisticado y refinado. ¿Qué opinaría él? ¿O acaso había sido esa su intención desde que le había propuesto matrimonio?

Cuando oyó los pasos de Nikolai detrás de ella, los nervios le atenazaron el estómago. Al volverse hacia él, se quedó sin aliento. Lo había visto de traje, pero nunca de esmoquin. Y estaba más guapo de lo que ninguna mujer podía soñar.

La chaqueta marcaba sus anchos hombros y encuadraba su musculosa figura. La camisa blanca como la nieve resaltaba sus ojos. Su fuerte mandíbula lucía unos labios jugosos y sexys. El pelo moreno recién peinado dejaba escapar unos rizos rebeldes en sus sienes.

—Estás... —comenzó a decir él con suavidad, mientras se abotonaba los gemelos, buscando las palabras.

—Muy distinta —dijo ella, terminando la frase por él. No quería saber qué pensaba Nikolai. Solo quería acabar con esa farsa cuanto antes. Odiaba tener que fingir.

Él se acercó un poco más, envolviéndola con su olor a limpio y a hombre.

—Iba a decir que estás muy hermosa.

—No estoy segura de eso —repuso ella, sonrojándose bajo su atenta mirada.

Cuando Emma iba a pasar de largo, su prometido la tomó del brazo con los ojos rebosantes de deseo. Aunque ella quiso zafarse, no pudo evitar derretirse de satisfacción. Se quedó parada, devolviéndole la mirada, esperando que él hablara.

Sin embargo, Nikolai no dijo nada. Tras un silencio cargado de tensión sexual, la soltó.

—Tenemos que irnos. Mi madre nos estará esperando —indicó él, apartándose de golpe, como si hubiera cometido un error al haberla tocado.

Era obvio que se sentía incómodo en su compañía, adivinó Emma con ansiedad.

–Tengo muchas ganas de conocerla –dijo ella, bajando la vista hacia su bolso de mano.

–Tengo que pedirte una cosa –comentó él, tras detenerse antes de abrir la puerta de su casa–. Mi madre no sabe lo del bebé y me gustaría que siguiera sin saberlo. Al menos, por ahora.

Se avergonzaba de ella. Se avergonzaba de su bebé. Ese pensamiento atravesó a Emma como una daga al corazón. También, demostraba que su matrimonio no era más que un trato de negocios. Nunca debía olvidarlo, se recordó a sí misma.

–¿Por qué? –preguntó ella, tratando de sonreír, sin conseguirlo.

–Cree que estoy enamorado. Que nos amamos. Quiero que siga pensándolo. Quiero que crea que nos casamos porque estamos enamorados, nada más –explicó él con dureza, como si odiara pronunciar cualquier palabra relacionada con el amor.

Así que se avergonzaba de que iba a ser padre, caviló ella. Por eso, quería casarse lo antes posible, para aparentar que había sido un embarazo esperado y planeado.

–Si eso es lo que quieres, de acuerdo –respondió Emma al fin, encogiéndose de hombros para ocultar su congoja.

Nikolai contempló cómo su madre abrazaba a Emma, emocionada porque, al fin, su hijo le presentaba a una mujer. Él apenas podía apartar los ojos de Emma, que estaba preciosa con un vestido que se ajustaba a su glorioso cuerpo a la perfección. Ansiaba volver a saborearlo, volver a hacerla suya.

–Me alegro mucho de conocerte –dijo la madre de

Nikolai, sacándolo de sus pensamientos–. Nunca pensé que este día llegaría. Es maravilloso.

–Un anillo precioso para una bella mujer –comentó Nikolai, sin pensarlo. Cuando Emma se sonrojó y su madre sonrió, comprendió que había dicho lo correcto.

–Debes quedarte aquí a dormir, por supuesto –ofreció su madre a Emma, igual que había hecho con Nikolai antes. Él se había negado, con la excusa de que había tenido que trabajar.

–Emma y yo volveremos a casa esta noche –respondió Nikolai por ella.

–Nada de eso. ¿Cómo vais a disfrutar de vuestra fiesta de compromiso si tenéis que viajar en coche de regreso esta noche? Además, ya tengo una habitación preparada para vosotros, así que nada de excusas.

–Tengo que estar en la oficina a primera hora de la mañana –aseguró él con tono abrupto.

–Tonterías. Trabajas demasiado. Además, estamos en fin de semana y debes tomarte tiempo libre para estar con tu prometida –insistió su madre–. ¿No estás de acuerdo, Emma? –añadió con una encantadora sonrisa.

Su madre siempre solía convencerlo para que cumpliera sus deseos pero, en esa ocasión, Nikolai no quería forzar a Emma a hacer algo que, obviamente, ella no quería. Sobre todo, cuando quedarse a dormir en la mansión de su madre implicaba compartir cama, además de dormitorio.

–No he traído ropa para cambiarme, señora Cunningham –dijo Emma con suavidad.

Al ver su rostro lleno de preocupación, algo se estremeció dentro de Nikolai.

No podía enamorarse de ella, se advirtió a sí

mismo. No quería esa clase de complicación. Iban a celebrar su compromiso porque habían hecho un trato para asegurar el futuro del bebé. Ella había aceptado gustosa en cuanto había comprendido que negarse significaría dejar a su hijo sin padre. Un tema hacia el que sabía que Emma era especialmente sensible.

–Bueno, si esa es la única razón, puedo arreglarlo. Mi hijastra está aquí con su marido y, entre las dos, seguro que podemos prestarte algo que te sirva.

Nikolai estaba perdiendo el control de la situación por segundos. Estaba dividido entre salvar a Emma de tener que pasar una noche con él y dejar que su madre siguiera acariciando la ilusión de que, al fin, se había enamorado.

–No puedo aceptar... –comenzó a disculparse Emma.

–Entonces, nos quedaremos –la interrumpió él y apretó a Emma entre sus brazos. El calor de su cuerpo lo inundó al instante, incendiándolo. Necesitaba distraerse como fuera–. Vamos a saludar a la gente, ¿os parece?

Alrededor de las mesas adornadas para la cena, se reunían decenas de amigos y miembros de su familia adoptiva. La gente se estaba divirtiendo y el sonido de las risas se mezclaba con el de la actuación en vivo. Emma y él eran el centro de atención, algo que Nikolai no había previsto cuando había dejado que su madre se ocupara de la mayor parte de la organización de la fiesta.

–Lo siento –dijo él, tomando a Emma de la mano para guiarla a una mesa, donde esperaba que pudieran estar un momento a solas.

–¿Por qué?

–No conoces a nadie aquí.

–No importa –respondió ella, tras sentarse a su lado–. No es un compromiso real, así que da igual.

–Es muy real, Emma –afirmó él, furioso, de pronto.

Emma se volvió hacia él para mirarlo a los ojos. Nikolai solo podía fijarse en su boca y pensar en besarla hasta no dejar rastro del lápiz de labios. Quería hacerla gemir de placer. Debía controlarse, se reprendió a sí mismo, tratando de contener sus instintos.

–Estamos prometidos y nos casaremos a finales de mes.

–Pero no será una boda real, Nikolai, a pesar de que quieras hacerle creer lo contrario a tu madre–. Esto es una farsa... y yo no puedo volver a hacerlo –añadió con miedo.

–¿Hacer qué? –quiso saber él, frunciendo el ceño, confundido. La agarró de las manos, que ella tenía tensas sobre el regazo.

–No quiero exhibirme así nunca más. Cuando nos casemos, quiero que sea una ceremonia íntima. No quiero que todo el mundo me esté observando –rogó Emma con voz temblorosa.

–Me parece bien –contestó él, irritado y preocupado porque ella pudiera echarse atrás en su decisión de casarse.

Emma no quería que terminara la fiesta. Era todo maravilloso, más de lo que jamás había soñado. Si Nikolai y ella hubieran estado enamorados de verdad, habría sido el comienzo perfecto de su vida juntos. Pero no estaban enamorados. Él se lo había dejado muy claro.

–Emma, Nikolai –su madre se acercó a ellos, entusiasmada–. Es hora de la sorpresa final. Quiero que estéis en el lugar de honor cuando llegue. Venid conmigo.

–¿Qué has preparado? –preguntó Nikolai.

Pero su madre no lo escuchó, se había lanzado a atravesar el mar de invitados, así que no tuvieron más remedio que seguirla. Pronto, llegaron al jardín, que estaba iluminado con cientos de luces, alejado del barullo de la fiesta.

–No tengo ni idea de qué va esto –le susurró él.

–Al menos, tenemos luz para ver la sorpresa –repuso Emma con una sonrisa. Debía de ser agradable tener una madre que se tomara tantas molestias por su hijo. Era la clase de madre que a ella le gustaría haber tenido.

Sin decir nada, Nikolai la tomó de la mano y la condujo junto a su madre, que estaba hablando con un grupo de gente en el jardín.

–Quedaos aquí, con la fiesta de fondo. Quiero tener una foto vuestra –pidió su madre, emocionada como una niña.

Contagiada por su excitación, Emma rio con suavidad.

–No es necesario –protestó Nikolai con brusquedad.

En ese momento, Emma se dio cuenta de que no se trataba de una simple foto para el álbum familiar. Un fotógrafo se acercó y los colocó para que posaran bajo los focos que sujetaban sus asistentes. Entonces, ella empezó a sentirse incómoda. Odiaba estar en el lado equivocado de la cámara.

–Ahora, abrazaos –pidió el fotógrafo, mientras empezaba a disparar–. Besaos.

Un beso.

Emma miró a Nikolai y se preguntó qué diría él. Su frío rostro la hizo estremecer.

–Es mejor que hagamos lo que nos dicen –le susurró ella con una sonrisa en los labios–. Estamos enamorados, ¿recuerdas?

Cuando los ojos de Nikolai se oscurecieron de deseo, a ella se le aceleró el corazón, pero no bajó la mirada. Él la tomó entre sus brazos, apretándola contra su pecho.

Despacio pero con seguridad, la besó. Ella cerró los ojos y se derritió entre sus brazos. Aunque no quería responderle, dar rienda suelta a la pasión que la arrasaba, no pudo contenerse. Abrió los labios y lo saboreó con la lengua, mientras le pareció escuchar fuegos artificial a su alrededor.

–Perfecto –dijo el fotógrafo–. Sigue besándola.

Nikolai la apretó todavía más, sujetándola de la espalda, mientras ella ardía en deseo. Si no tenía cuidado, corría el peligro de delatarle lo mucho que sentía por él, se advirtió a sí misma.

Por eso, Emma apartó los brazos de su cuello y le puso las manos con suavidad en el pecho. Sus bocas se separaron.

–Finges muy bien –musitó ella con voz ronca.

La banda comenzó a tocar detrás de ellos. Sobresaltada, Emma miró a sus espaldas, donde fuegos artificiales llenaban el cielo. Rio aliviada, porque había creído que habían sido imaginaciones suyas, fruto del beso de su prometido. Todavía entre sus brazos, levantó la vista hacia él.

–Lo mismo digo –murmuró él con voz llena de deseo.

Nikolai la soltó, mientras su madre caminaba hacia ellos con una gran sonrisa en el rostro.

–Ha sido perfecto. Os veré a los dos por la mañana.

Emma la observó marchar. Era una mujer estupenda,

que estaba feliz porque creía que su hijo había encontrado el amor de su vida. ¿Qué diría si supiera la verdad? ¿Por qué era tan importante para Nikolai que no fuera así? Había demasiadas preguntas sin respuesta.

–¿Volvemos a la fiesta o nos vamos a la cama?

Emma no supo qué responder. No sabía cuál de las dos cosas era preferible. No quería seguir siendo el centro de atención, pero tampoco quería irse al dormitorio con él.

–Tal vez deberíamos volver a tu casa.

–Entiendo que no te gusta compartir habitación conmigo –dijo él–. Pero te aseguro que no pasará nada. Una vez que cerremos la puerta, podemos dejar de fingir que estamos enamorados.

–En ese caso, vamos a dormir –sugirió ella, intentando mostrarse desapegada. El beso que acababan de compartir había sido solo una farsa para Nikolai, con el único objetivo de hacer feliz a su madre.

Cuando Nikolai percibió la expresión de horror en el rostro de Emma, deseó haber sido más firme con su madre. Pero su madre había estado tan emocionada que no había sido capaz de desilusionarla. La fiesta no había sido más que una farsa para hacerla feliz y, con ello, había hecho infeliz a Emma. No había merecido la pena, aunque se había dado cuenta demasiado tarde. Iban a pasar la noche juntos en la misma habitación y se irían en cuanto amaneciera.

Emma se acercó a la cama y contempló lo que la madre de Nikolai le había dejado. Cuando levantó en sus manos un camisón de seda color crema que apenas le cubriría lo esencial, Nikolai cerró los ojos para no imaginársela con ello puesto.

–Parece que tu madre ha pensado en todo –comentó Emma–. Es como si hubiera sabido que nos íbamos a quedar a dormir.

Era lo mismo que pensaba él. Sin embargo, lo principal era tranquilizar a Emma.

–Mi madre cree que estamos enamorados y, como te he dicho, quiero que siga así. También te he prometido que no pasará nada entre nosotros, así que yo dormiré en el sillón –indicó él, señalando a un sillón que parecía perfecto para relajarse durante el día, pero no tanto para pasar la noche.

Emma suspiró con resignación.

–No creo que puedas pegar ojo ahí –dijo ella con una sonrisa–. Tendremos que apañarnos los dos en la cama. Después de todo, somos adultos y estamos de acuerdo en que no pasará nada.

Lo malo era que él dudaba mucho ser capaz de cumplir su promesa. La deseaba más de lo que había deseado nunca a ninguna mujer.

Quizá, si la poseía una noche más, podría liberarse de su obsesión por ella, caviló Nikolai. Excitado, levantó la vista hacia ella y, al ver su preocupada expresión, comprendió que no podía hacerlo. No, después de que él había sido quien había marcado el límite de una sola noche en Vladimir.

–En ese caso, sugiero que nos durmamos –repuso él, se quitó la corbata y la lanzó a la silla. Estaba decidido a demostrarse a sí mismo que podía controlar sus impulsos. Emma no se movió–. ¿Pasa algo?

–¿Puedes bajarme la cremallera del vestido?

Sonrojada, estaba más hermosa y parecía más inocente que nunca. Aunque su tono de voz tenía una gota de humor. ¿Sabía ella lo mucho que lo torturaba?

–Esta tarde me ayudaron a ponérmelo, pero ahora no hay nadie más que tú.

Nikolai se acercó. Se había pasado toda la noche soñando con quitarle ese vestido. Lo supiera o no, ella lo estaba poniendo a prueba, estaba retando su resistencia.

–Estás preciosa... muy bella –murmuró él, dejándose inundar por su aroma a flores.

–Me he sentido bella con este vestido –susurró ella–. Ha sido una noche de cuento de hadas.

–Mi madre cree en los cuentos de hadas –comentó él, desesperado por recordar qué hacía allí con ella–. Has representado muy bien tu papel.

Emma lo miró a los ojos con gesto desafiante un momento, antes de girarse para darle la espalda. Se levantó el pelo, dejando al descubierto la sedosa piel de su espalda, cubierta por la fina tela del vestido.

Nikolai posó la mano en la cremallera. La tentación era demasiado fuerte. Apretó los puños para no recorrerle la columna de arriba abajo con sus caricias. Quería besarle la espalda, saborear cada milímetro de su piel.

Pero se contuvo. Emma le había dejado claro que no lo deseaba. Además, él tampoco quería las complicaciones que el sexo podía llevar consigo.

Con suavidad, le bajó la cremallera, silenciando un gemido de deseo cuando le vio la espalda desnuda. El calor de la pasión lo sofocaba. Si ella fuera cualquier otra mujer, si las circunstancias fueran distintas, le quitaría el vestido y se sumergiría en su glorioso cuerpo sin pensarlo más. Pero Emma no era cualquier mujer. Era la persona que había aceptado convertirse en su mujer. Era todo demasiado complicado.

–Gracias –dijo ella y dio un paso para apartarse.

Nikolai apretó la mandíbula, loco de deseo. Cuando Emma se volvió, tenía los pezones endurecidos bajo el fino tejido del vestido. No llevaba sujetador. Al pensarlo, él se incendió todavía más.

Con el aire estaba cargado de tensión sensual, ella tomó de la cama el camisón, se metió en el baño adyacente y cerró la puerta. Por un instante, él respiró aliviado, hasta que se dio cuenta de que, cuando saliera, aparecería vestida con menos ropa aún.

Furioso consigo mismo por lo mucho que le costaba controlar sus instintos, se quitó la chaqueta y la lanzó a la silla. Nunca había sido un esclavo del deseo. ¿Qué diablos le pasaba? Esa mujer le hacía perder las riendas.

Cuando se abrió la puerta del baño, Nikolai se dirigió a la otra punta de la habitación, sin atreverse a mirarla. No quería verla con el sedoso camisón que apenas cubriría su cuerpo. Le dio la espalda, hasta que la oyó cubrirse con la ropa de cama. Entonces, se fue al baño. Una vez dentro, cerró la puerta y encendió la ducha con agua helada.

Al regresar al dormitorio, después de una buena ducha fría, la encontró tumbada en un extremo de la cama. O estaba dormida o fingía estarlo. Cubierto solo con los calzoncillos, se metió bajo las sábanas y apagó la luz. Mirando al techo, se concentró en la rabia que sentía, hasta hacerla más poderosa que el deseo.

Emma suspiró con suavidad a su lado y se giró, acercándose a él mientras dormía. Nikolai podía percibir la calidez de su cuerpo. Y no podía dejar de recordarla desnuda. No podía relajarse. Maldición, nunca se dormiría.

Cerró los ojos, esforzándose por descansar y, justo

cuando creía que iba a lograrlo, Emma volvió a moverse hacia él. Estaba demasiado cerca. Cuando ella posó un brazo sobre su torso y se apretó contra su costado, le provocó una erección instantánea. Apretando los dientes, él luchó por no tomarla entre sus brazos y despertarla con sus besos.

En sueños, Emma suspiró otra vez y se acurrucó todavía más a su lado. Nikolai no podía moverse. No quería hacerlo. Quería demostrarse a sí mismo que era fuerte y que podía dominar sus instintos.

¿Cómo podía desearla tanto? ¿Cómo lo había hechizado de esa manera? Un mar de preguntas lo invadió, ayudándolo a distraerse del cálido cuerpo de su prometida.

Nunca en su vida había pasado la noche con una mujer sin tener sexo. ¿Cómo había llegado a eso? Rígido, intentó dormir, trató de ignorar la suavidad de su cuerpo. Era una tortura yacer junto a la mujer que amenazaba con poner su mundo cabeza abajo. ¿Cómo diablos podía desearla tanto?

Capítulo 8

EMMA se sonrojó al recordar de nuevo las horas que habían pasado juntos en la cama. No podía creer que había dormido abrazada a Nikolai. Era así como se había despertado. Cuando había abierto los ojos, mientras la luz del amanecer había bañado la habitación, se había preguntado dónde estaba. Luego, se había dado cuenta de que había estado entrelazada con Nikolai, como si hubieran sido amantes. Despacio, se había apartado de él, contemplando de reojo su atractivo rostro. Lo había dejado dormido en la cama para levantarse y ponerse el vestido que la noche anterior habían dejado para ella.

¿Había pasado algo? ¿Habría hecho o dicho ella algo embarazoso en sueños? Emma esperaba no haber delatado sus sentimientos hacia él... sobre todo, cuando él había insistido tanto en que nada pasaría entre los dos.

Decenas de preguntas ocupaban su mente, cuando salieron juntos hacia Nueva York. Un tenso silencio los envolvió en el coche durante todo el trayecto. Pero ella no se atrevió a romperlo y, menos, a preguntar qué había pasado esa noche.

Por fin, llegaron a casa de Nikolai. Por la noche, ella estaba tumbada en la cama sola, reviviendo los sucesos de la fiesta. El beso de su foto de compromiso había sido muy provocativo, muy sensual. Tanto que ella había creído que había sido real. Pero, cuando él se había apartado, la dureza de sus ojos la había sacado de su error. Más tarde, sin embargo, cuando le había bajado la cremallera del vestido, su mirada había estado cargada de deseo. Y ella había tenido que apretar los labios para no dejar escapar un gemido cuando le había rozado la espalda. Había ansiado tanto que la tocara...

Emma debería estarle agradecida porque no hubiera dicho palabra sobre la noche anterior. Pero no lo estaba. No le parecía bien ignorar la atracción que bullía entre ellos. Irritada, se levantó. No iba a poder dormir. Las preguntas no le dejaban relajarse y el cuerpo le ardía de deseo por un hombre que no quería nada con ella.

En silencio, salió del dormitorio y se dirigió a la cocina. Fuera, se oían los sonidos de una ciudad que nunca dormía. ¿Sería así su vida a partir de ese momento? ¿Iba a tener que ocultar para siempre su afecto por el padre de su hijo? ¿Podía vivir así?

Después de servirse agua, se sentó junto a la ventana. Necesitaba las serenas vistas del parque para calmar su corazón agitado. No podía enamorarse de Nikolai. Ella siempre había soñado con un final feliz con un hombre que la amara. Pero nunca lograría ese sueño, si se casaba con Nikolai. Él no la quería y le había dejado claro que su matrimonio no sería más que un acuerdo de conveniencia.

–¿Te encuentras mal?

La voz de Nikolai la sobresaltó. Al mirarlo, vio que él también parecía perplejo. Llevaba puestos nada más que unos vaqueros y estaba tan sexy que Emma se quedó sin respiración.

–No podía dormir –repuso ella, tratando de apartar la mirada de su pecho desnudo. Solo podía pensar en que la noche anterior se había dormido abrazándolo. Todavía podía sentir sus músculos bajo las manos y su aroma a loción para después del afeitado.

–¿Pero te sientes bien? –preguntó él de nuevo con cara de preocupación.

–Estoy bien –dijo ella con una sonrisa–. Solo que no tengo sueño –añadió. Y menos sueño iba a tener después de haberlo visto así. Su cuerpo subía de temperatura por momentos.

Cuando Nikolai la recorrió con la mirada, Emma recordó que no llevaba puesto más que una ligera camisola de tirantes y unos pequeños pantalones cortos. Resultaba bastante incómodo tener una conversación así, con ambos medio desnudos. Era demasiado íntimo.

–¿Es porque estás sola esta noche? ¿No tienes a nadie con quien acurrucarte? –inquirió él con voz ronca y risueña.

¿Se estaba riendo de ella?, pensó Emma. Pero, al levantar la vista a sus ojos, supo que no era así. Nikolai la penetraba con su oscura mirada, como si buscara respuestas.

–Respecto... a anoche... –balbuceó ella–. Quiero saber si... ¿Nosotros...? ¿Pasó algo entre nosotros?

El tensión sexual que los rodeaba casi podía palparse. Emma no apartó la vista, se sentía incapaz de romper la intensa conexión que había entre ellos.

–Créeme, Emma, si hubiera pasado algo, lo recordarías –dijo él con un brillo de picardía en los ojos.

Se estaba riendo de ella, adivinó Emma, sonrojándose.

–Ah.

–Lo dices como si estuvieras decepcionada porque no hubo sexo –comentó él, acercándose–. Por supuesto, podemos rectificar.

En esa ocasión, Emma no pudo disfrazar un estremecimiento de excitación. Nikolai la deseaba. Era como la noche de Vladimir. Entonces, ella había sabido que se entregaría a los brazos de la pasión solo por una noche. Y, aunque iban a casarse, sabía que él seguía pensando de la misma manera. Se trataba solo de sexo. No la amaba.

Con la sangre agolpándosele en las venas, sabiendo que se adentraba en la boca del lobo, Emma decidió ignorar sus miedos. Deseaba a Nikolai y la excitación que le provocaba que la correspondiera era más poderosa que su temor a que le rompiera el corazón.

Los segundos pasaron más lentos que nunca, mientras sus miradas entrelazadas acrecentaban el fuego en el aire. Ella ansiaba que la tocara, necesitaba que la besara. Pero, más que nada, quería que la poseyera. Quería ser suya.

Nikolai se quedó contemplando a Emma. ¿Tenía idea ella de lo sexy que estaba con esa camisola blanca, con los pezones endurecidos debajo de la fina tela? En cuanto a los pantalones cortos... era mejor que ni los mirara, o acabaría llevándosela al hombro como un hombre de las cavernas.

–Podemos rectificar ahora... esta noche –sugirió él con voz ronca, sin pensar. A juzgar por la sonrisa sensual que provocó en ella, parecía que no le horripilaba la idea.

–¿Tú crees? –preguntó Emma con tono provocativo.

Maldición, se dijo Nikolai. ¿Qué sentido tenía negar la atracción que los sofocaba? Él la deseaba y, a menos que estuviera muy equivocado, a ella le pasaba lo mismo.

–Te deseo, Emma –dijo él y le tendió la mano. Nunca en su vida se había mostrado tan vulnerable con una mujer. Por alguna misteriosa razón, Emma desmantelaba todas sus defensas.

Con los ojos clavados en él, Emma tragó saliva. Entreabrió los labios, despacio. Al final, le dio la mano. Y Nikolai tiró de ella para levantarla de la silla.

Sus cuerpos se estrecharon al momento y, dejándose llevar por el instinto, él la abrazó con fuerza. El cuerpo de Emma le suplicaba más, pero quería escucharlo de sus labios, necesitaba escucharle decir que lo deseaba.

–¿Es esto lo que quieres?

Apartándose un poco de su abrazo, Emma respiró hondo, se agarró la camisola con los brazos cruzados y se la quitó por encima de la cabeza. Nikolai la devoró con la mirada, apretando los puños para mantener el control. Su esbelta figura, sus pechos turgentes lo volvían loco. Pero, cuando ella se quitó los pantaloncitos y los echó a un lado, él supo que estaba perdido.

Era como en Vladimir. Con la diferencia de que, en esa ocasión, no había que preocuparse por las consecuencias. Podía hacerla suya por completo.

–Sí –afirmó ella en un sensual susurro.

Aquella mujer era suya, se dijo Nikolai, ardiendo como un volcán. El hecho de que le hubiera entregado su virginidad solo le confirmaba esa idea.

Él cerró los ojos para contener su urgencia por poseerla en ese mismo instante, sin preámbulos, de una manera en que nunca había tomado a una mujer. Ella solo había hecho el amor con él. Por eso, debía ir despacio, convertir la noche en un largo éxtasis para ambos.

Sin romper el contacto ocular, Nikolai se quitó los pantalones. Con placentera satisfacción contempló cómo ella bajaba la vista a su erección, haciéndola crecer todavía más.

Tomando el papel de seductora, igual que había hecho en Vladimir, Emma se acercó y envolvió su erección entre las manos. Él tembló y gimió, al mismo tiempo que ella lo besaba en los labios.

Cuando ella lo soltó y lo besó en el cuello, por el pecho, la sensación era deliciosa. Pero, cuando siguió bajando, la tortura de su contacto comenzó a ser insoportable. Nikolai la agarró del pelo y la echó hacia atrás, para apartarla. Ella lo miró con los ojos muy abiertos.

–Es mi turno –dijo él, la levantó y la tumbó en el sofá. Hambriento, se arrodilló delante de ella y la besó, saboreando un gemido de placer.

–Nikolai –musitó ella y arqueó la espalda cuando empezó a besarla un pezón. Se lo lamió y mordisqueó, provocándole intensas corrientes de placer.

Mientras Emma se retorcía de gusto debajo de él y le acariciaba todo el cuerpo con frenesí, Nikolai se estremeció, dedicándose al otro pezón.

Él siguió bajando, trazándole un camino de besos en el estómago. Ella le apretó de los hombros, clavándole las uñas. Hasta que él colocó la cabeza entre sus piernas y la saboreó con placer, mientras ella levantaba las caderas, pidiendo más. La penetró con la lengua, llevándola al borde del clímax, pero se detuvo cuando ella empezó a temblar, pues no quería que alcanzara el orgasmo todavía.

–Vayamos al dormitorio –dijo él entre besos, subiendo de nuevo por su estómago, sus pechos, su cuello.

–No –gimió ella, rodeándolo con las piernas, ardiendo.

Entonces, Nikolai supo que estaba perdido. Con un experto movimiento, la penetró en profundidad, haciéndola suya una vez más. Ella gritó de placer y le clavó las uñas con más fuerza en la espalda, mientras levantaba las caderas hacia él. Era un encuentro salvaje. Lleno de pasión.

El cuerpo de Emma estaba húmedo y caliente, pero no era suficiente. Nikolai quería más, mucho más. Con un rugido, la penetró con más fuerza, alcanzando un ritmo feroz que ella correspondía entre gritos de placer. En pocos segundos, el mundo a su alrededor desapareció. Con una arremetida final, ambos llegaron de la mano al orgasmo.

La oscuridad todavía llenaba la habitación, mientras Emma yacía satisfecha junto a Nikolai, después de haber hecho el amor durante horas. Habían pasado del sofá a la ducha y, luego, a la cama. En vez de sentirse agotada, sin embargo, se sentía vibrante de vida. Era casi demasiado bonito para ser verdad.

Las dudas que había albergado sobre su proposición de matrimonio se habían disipado después del apasionado sexo que habían compartido. Si se llevaban tan bien en la cama, ¿acaso no había esperanza de que, algún día, Nikolai pudiera sentir algo más profundo por ella? Eso deseaba, porque debía reconocer que se estaba enamorando de él.

¿Cómo era posible?, se preguntó a sí misma. Entonces, Nikolai se movió a su lado, desperezándose. Emma se preparó para su despertar, recordando la última vez en Vladimir. En aquella ocasión, ¿se había arrepentido él de lo que habían hecho? Esa noche en Rusia había cambiado sus vidas por completo. Llena de preguntas, lo observó mientras se incorporaba sobre un codo. Los ojos de él estaban, de nuevo, brillantes de deseo.

—Hoy voy a hacer un recorrido turístico –dijo ella, tratando de combatir el deseo que ella misma sentía. No quería que su tiempo juntos solo tratara de sexo. Quería conocerlo mejor pero, mientras él mantuviera las defensas siempre alerta, iba a ser difícil.

—Podemos ir juntos –repuso él, la tomó en sus brazos y la besó.

—Estaría bien –opinó ella con una sonrisa y apartó un poco–. Será una buena oportunidad para conocernos mejor.

—¿Mejor de lo que nos conocemos? –preguntó él con una traviesa sonrisa. Sin embargo, su tono escondía algo de precaución.

—Hay muchas cosas que no sabemos el uno del otro.

—¿Como cuáles? –inquirió él. Su voz sonó seria y a la defensiva.

A Emma le recordó, por completo, a aquel día en Vladimir.

—Como qué queremos de este matrimonio –señaló ella con suavidad.

—Yo sé lo que quieres tú. Quieres seguridad económica. ¿Por qué, si no, habrías venido hasta aquí? También quieres que tu hijo tenga lo que tú nunca tuviste, un padre.

¿Tenía idea Nikolai de que había dado en el blanco? ¿Cómo podía manipular sus inseguridades con tanta frialdad?, se dijo ella.

–Mi oferta de matrimonio incluye exactamente lo que querías –continuó él–. Aunque trataste de negarlo al principio, has venido aquí porque querías casarte, ¿no es así, Emma?

–¿Qué? –dijo ella. No podía creer lo que oía. Atónita, se quedó paralizada, mirándolo.

–Esta noche ha sido parte de un plan más ambicioso, ¿verdad?

¿Cómo podía convertir una noche tan maravillosa en algo tan horrible?, se dijo ella, estremeciéndose.

–¿Es eso lo que piensas?

–No me has dado razón para pensar otra cosa –le espetó él. Se levantó de la cama y se puso los vaqueros.

Iba a huir de ella de nuevo, adivinó Emma.

–Nikolai. No te vayas. Otra vez, no.

Parado ante la cama, Nikolai la miró con dureza.

–¿Qué es lo que quieres saber, exactamente? Y, sobre todo, ¿me lo preguntas como mi futura mujer, como la madre de mi hijo o como periodista?

Emma se encogió ante su frío tono. Sin embargo, comprendió que Nikolai solo estaba actuando de forma desesperada para esconder un terrible secreto. Lo que había querido ocultarle el Vladimir seguía ahí, pesando sobre ellos como un muro de piedra.

–Te lo pregunto como tu prometida, porque me importas. Si no nos enfrentamos a lo que sea que te hace cerrarte de esa manera, siempre nos dominará. Será una amenaza para nuestra relación. ¿Quieres que nuestro hijo crezca bajo esa oscura nube de tormenta? –replicó ella con tono suplicante.

Pero Nikolai no se dejó ablandar.

–¿Qué quieres? ¿Conocer la historia de mi vida? Ya te la conté en Vladimir.

–Me diste la versión que quisiste darme, pero las cosas han cambiado. Ahora vamos a tener un bebé y, si vamos a casarnos, quiero que nuestra unión sea un éxito. No quiero que nuestro hijo crezca rodeado de inseguridad emocional.

–¿Qué sabes tú de esa inseguridad, Emma? –preguntó él con tono más suave, más resignado.

–Mucho más de lo que crees –repuso ella. De golpe, revivió su propia infancia de una casa de acogida a otra, unida al rechazo de su padre. Pero debía ser fuerte. Nikolai no podía saber nunca qué clase de mujer había sido su madre. Si lo descubría, podía pensar que había heredado los instintos de su madre y no estaba capacitada para tener a su bebé. Y, por nada del mundo, quería arriesgarse a que le quitaran a su hijo, igual que habían hecho con ella y con Jess de niñas.

–¿De verdad crees que eso es posible? –replicó él, furioso.

–Dímelo tú, Nikolai. Sé parte de tu historia pero, como tu prometida, quiero que me lo cuentes todo –dijo ella con suavidad y contuvo el aliento, mientras él daba vueltas por la habitación y se pasaba la mano nervioso por el pelo.

Nikolai no sabía por dónde empezar. Estaba enfadado consigo mismo y con Emma. Ella sabía lo básico, ¿por qué quería más? Mirándola a los ojos, se dio cuenta de que solo era cuestión de tiempo el que descubriera los detalles más sórdidos. Era mejor que lo supiera por él. En ese momento.

–¿Por qué te parece necesario saberlo?

¿Por qué estaba haciendo aquello?, se preguntó

Nikolai. Era demasiado íntimo, demasiado vinculado a su corazón. Él siempre había huido de las emociones. Hacía tiempo, había aprendido a actuar sin miedo, sin rabia, sin amor. Cada vez que había acudido al rescate de su madre cuando su padre la había estado golpeando, lo había hecho bloqueando sus emociones. Tanto si se había interpuesto entre los dos como si se había ocupado de limpiar la nariz sangrante de su madre, lo había hecho sin ninguna emoción. Había sido la única manera. Y seguía siéndolo.

—En Vladimir, me dijiste que tus padres se habían casado por obligación —recordó ella, retomando la historia que él había comenzado la primera noche que habían dormido juntos.

—Sí, así es. Porque ella estaba embarazada de su hijo —contestó él. Al ver cómo Emma palidecía, deseó besarla, tomarla entre sus brazos y perderse en su cuerpo para olvidar el pasado. Pero las cosas ya eran bastante complicadas. No debía darle esperanzas de que el suyo podía ser un matrimonio amoroso y normal.

—Eso no es ningún crimen —comentó ella con una tímida sonrisa, mientras lo contemplaba desnuda desde la cama.

Nikolai sabía a qué se refería. Ella estaba embarazada e iban a casarse por eso. Ese hecho no hacía más que echar leña al fuego. Y era una buena razón para mantener sus sentimientos bajo llave. Su unión no era más que un acuerdo por el bien de su bebé. Igual que su padre había forzado a su madre a casarse, él estaba obligando a Emma.

En ese momento, sucedió justo lo que Nikolai había estado evitando. Un mar de emociones enterradas desde su infancia pujaba por salir a la luz. Los recuer-

dos lo inundaban, desarmándolo. ¿Qué pensaría Emma
de él, si conocía la verdad?

¿Cómo podía confesarle ciertas cosas? Debería
decirlo y punto. No era posible disfrazar las palabras
para que no fueran dolorosas. No había una manera
fácil de hablar de la forma en que había sido concebido, la manera en que su padre había anulado a su
madre, haciéndola sentir carente de valor.

Mirando a Emma, comprendió que ella debía saberlo.

—Él la violó.

Ya estaba dicho. Al fin, había pronunciado las palabras en voz alta. Él era el producto indeseado de una
violación que había hundido la vida de su madre,
atándola a un hombre violento y cruel.

—¿La violó? —musitó ella, atónita.

Por alguna extraña razón, el haber admitido aquel
suceso destapó la caja de Pandora dentro de Nikolai.
Necesitaba contárselo todo, dejarlo salir.

—Mi padre era un amigo de la familia y había pedido a mi madre en matrimonio. Había querido apro-
vecharse de sus contactos, su apellido y la riqueza de
su familia.

Emma no dijo nada. Se acercó a él, envolviéndolo
con el calor de su cuerpo.

—¿Ella lo rechazó?

Con dientes apretados, Nikolai recordó el momento en que había descubierto la verdad de lo sucedido, cómo su dulce madre se había casado con un
hombre brutal y cruel por su causa. Necesitaba hablar,
contárselo todo a Emma, aunque sabía que ella podía
usarlo para destruirlo. No quería ver su historia en la
prensa del corazón. Por eso, había volado desde Nueva
York a un país que apenas había recordado para ase-

gurarse de que su abuela no hubiera revelado todo. Sin embargo, en el presente, estaba contándoselo todo a la mujer que se lo había pedido.

–Sí. Por eso, él la atacó y la violó –contestó Nikolai. Le invadió la misma rabia y la misma impotencia que el día que había descubierto que su madre se había casado con un animal por su culpa. Él nunca había cuestionado a su madre. Ella ni siquiera sabía que había escuchado su conversación con su padrastro. Eso le rompería el corazón, tanto como si la historia saliera en la prensa.

–No lo entiendo. ¿Por qué se casó con él después de eso? –preguntó Emma con incredulidad, mirándolo a los ojos.

–Es algo que nunca he entendido –confesó él y, sin poder evitarlo, recordó todas las veces que se había escondido en un rincón para huir de la furia de su padre–. Cuando mi madre y yo nos fuimos de Rusia, yo tenía diez años y no quise hablar nunca del pasado. Solo quería adaptarme y encajar en nuestra nueva vida, para complacer a mi padrastro. Era como si me hubieran dado una segunda oportunidad.

–¿Por qué tu madre se casó con tu padre, después de que la hubiera violado? –repitió ella.

Era una pregunta que Nikolai se había hecho cientos de veces.

–Tal vez, pensó que no tenía más remedio. Pertenecía a una familia muy conocida e, igual, no quiso que el escándalo se hiciera público.

Emma lo rodeó con sus brazos y lo besó en la frente. Su contacto era cálido y reconfortante. Su compasión era sanadora.

–Lo siento –susurró ella–. Siento haberte hecho recordarlo todo.

–Quizá, debería haberme enfrentado a la abuela de mi madre cuando tuve oportunidad. Debería haberle preguntado por qué ayudó a encubrir cosas tan horribles. Desde el exterior, debíamos parecer una familia normal. Quiero saber si mi abuela comprende que lo único que hizo fue atrapar a mi madre y a mí con un loco violento. Solo su muerte repentina nos liberó.

–No significa que a nosotros nos vaya a pasar lo mismo –dijo ella, adivinando la única preocupación que Nikolai había tenido desde que había sabido que iba a ser padre.

–¿Cómo puedes decir eso, cuando has aceptado casarte solo por el bien del bebé? –inquirió él. De nuevo, no estaba más que poniéndose a la defensiva. Cerrándose en banda, trató de ignorar cómo sus palabras herían a Emma.

–Nuestro bebé no es fruto de la violencia –señaló ella con firmeza, posando una mano en el rostro de él.

–Pero tampoco es fruto del amor.

Ante aquella cruel verdad, la mano de Emma se quedó rígida.

–No, no lo es –repuso ella con suavidad y tristeza.

¿En qué diablos había estado pensando para hablarle así?, se reprendió Nikolai en silencio, enfadado consigo mismo por haber sido tan brusco.

Emma se apartó. Parecía un animal herido. Al verla, Nikolai se estremeció, presa de una extraña sensación. Aquello estaba yendo demasiado lejos, pensó. No le gustaba albergar sentimientos hacia nadie.

–No quiero volver a hablar de esto nunca más –dijo él, rabioso. Su voz sonó terrible, convirtiéndole en una copia del hombre que lo había aterrorizado en su infancia.

Emma levantó la vista, enderezó al espalda y esbozó gesto desafiante.

–Lo siento. Lo comprendo. No hablaremos más.

¿Lo entendía?, se dijo él. ¿Cómo podía entenderlo? Nikolai deseó preguntarle por su infancia. Quería saber qué experiencias había tenido ella para autorizarle a decir eso. Pero no podía arriesgarse a ahondar más en terreno emocional. Necesitaba tiempo. Ansiaba estar solo. Salió del dormitorio mientras la luz de amanecer bañaba la casa, agradecido porque ella no lo siguiera ni le hiciera más preguntas.

Capítulo 9

NIKOLAI se había preocupado por ella toda la semana. Se había tomado tiempo libre del trabajo para acompañarla a conocer la ciudad y eso los había acercado de muchas maneras. Después de la forma desastrosa en que había acabado el fin de semana, ella había empezado a albergar esperanzas y la incómoda sensación de que era un error casarse empezaba a disiparse.

Ese día, Nikolai había elegido un viaje por el río Hudson para ver la Estatua de la Libertad. Había alquilado un barco privado para ello. Era un día precioso de primavera pero, aun así, Emma se estaba mareando por el movimiento del barco. Igual que había hecho en otras ocasiones, trató de ocultárselo a su acompañante pero, como si él le leyera el pensamiento, adivinó que no se encontraba bien.

–No ha sido buena idea –comentó él, sujetándola entre sus brazos.

Emma cerró los ojos, disfrutando de la sensación de ser cuidada y protegida. En el fondo, era lo único que había buscado siempre. Su infancia había carecido de amor y protección, por eso, se había convertido en su sueño dorado. Un sueño que, en ese momento, podía acariciar con la punta de los dedos.

–Estoy bien –dijo ella, apretándose contra él. Si

estaba con el hombre del que se había enamorado sin remedio, todo le parecía bien. Estar entre sus brazos era tan maravilloso que no quería que nada lo estropeara–. Aunque creo que hoy no podré hacer fotos.

–Pues no las hagas –replicó él, la besó en la cabeza y sonrió.

¿Se estaría enamorando de ella, también? ¿Podía alcanzar su fantasía de cuento de hadas con él? Se preguntó Emma.

–Deberías dejar de preocuparte y disfrutar del momento. Las fotos pueden esperar –añadió él.

–¿Puedo preguntarte algo? –dijo ella, mientras el barco los llevaba hacia Manhattan. Sin darle tiempo a responder, continuó–: ¿Has estado enamorado alguna vez?

Emma necesitaba saber si él había amado antes a alguna mujer. Sin embargo, la inmediata tensión que atenazó los brazos de Nikolai delató que había ido demasiado lejos.

–No –negó él de inmediato–. Sabes lo que me pasó de niño. Incluso me dijiste que no creías esa tontería del amor.

–Es verdad –admitió ella y tragó saliva, decepcionada. Si la madre de Nikolai había encontrado la felicidad, después de un matrimonio tan horrible, el amor debía de existir. Su corazón estaba cada vez más convencido. ¿Por qué él, no?

–Espero que no hayas cambiado de idea –señaló él con tono helador y cortante.

Emma se estremeció de repente, como si el invierno hubiera regresado.

Miró hacia los edificios de la ciudad, decidida a no dejar que sus comentarios la hirieran. Pero la verdad era que sí había cambiado de idea. Sus hondos sentimientos hacia él le habían hecho recapacitar.

–Claro que no –mintió ella. Debía esperar a un momento mejor para decírselo. Debía recordar por qué era su prometida. Estaba embarazada de su hijo y había hecho un trato con él. A cambio de casarse, el bebé tendría todo lo que a ella le había faltado de niña–. Hacemos esto por nuestro hijo.

–Y por tu hermana.

Su recordatorio le confirmó a Emma que, para él, su unión no era más que fruto de la conveniencia. Sin embargo, lo que dijo a continuación le rompió en dos el corazón.

–El que yo subvencionara su sueño de ser bailarina fue lo que te hizo decidirte, ¿verdad? Fue lo que selló nuestro acuerdo.

Nikolai la soltó y se apoyó en la barandilla, fingiendo interés en el paisaje. Emma comprendió que había ido demasiado lejos y que era su castigo por haber intentado atravesar sus defensas. Todas sus esperanzas se esfumaron. Había pensado que él podía llegar a amarla igual que ella a él. Pero todo parecía perdido.

Habían concebido un hijo en una noche de pasión, un bebé que los ataría para siempre. Pero Emma quería algo más. Quería amar y ser amada. Desde la fiesta de compromiso, todas sus noches habían estado llenas de pasión. Ella lo quería cada vez más. Pero para él no era nada más que sexo.

Muy a su pesar, había caído de cabeza en la trampa del amor no correspondido. Aunque había intentado distraerse pensando en su hermana, solo había conseguido sentirse más sola todavía. Las últimas veces que la había llamado, Jess no había podido hablar, solo le había enviado breves mensajes de texto como respuesta.

—Me gustaría que Jess viniera a Nueva York a nuestra boda —dijo ella, tratando de cambiar de tema—. ¿Tenemos ya la fecha?

Nikolai rio con suavidad.

—¿Tantas ganas tienes de ser mi mujer? ¿O solo querías cambiar de tema?

—No hay por qué esperar, ya que estamos de acuerdo en nuestro trato —repuso ella con tono cortante. No quería que él adivinara lo mucho que le dolía su rechazo.

Nikolai la observó en silencio unos segundos, casi quemándola con su intensa mirada.

—Entonces, te gustará saber que está todo preparado para este sábado.

—¿El sábado? —repitió ella, conmocionada. Era demasiado pronto. Nunca podría preparar el viaje para que Jess fuera a verla. ¿Intentaba él impedir hacer realidad lo único que le había pedido?—. Jess no conseguirá llegar antes del sábado. Ella es mi única familia...

Antes de que él pudiera responder, sonó el teléfono de Emma. Debía de ser Jess, pues le había dejado innumerables mensajes pidiéndole que la llamara. Más que nunca, necesitaba hablar con su hermana. Sin embargo, cuando miró la pantalla del móvil, vio que no era Jess, sino Richard.

Nikolai echó un vistazo a la pantalla, mientras ella pensaba si responder o no. Por muy buena relación que tuviera con Richard, no era la persona con la que le apetecía hablar en ese momento.

—Es mejor que respondas —indicó Nikolai con voz áspera, furioso.

Emma levantó la vista hacia él, confusa. Pero él se dio media vuelta y se alejó unos pasos.

–Richard –saludó ella–. Qué alegría saber de ti.

Nikolai odiaba la forma en que Emma sonreía mientras hablaba con Richard. Y cómo le había dado la espalda para responder la llamada. Recordaba que había sido el fotógrafo que le había conseguido el empleo, pero empezaba a cuestionar cuál era la verdadera relación que Emma tenía con él.

–¿Ha salido el artículo? –preguntó Emma–. Es estupendo. Gracias por llamar para decírmelo. Y gracias por tu ayuda, Richard.

Nikolai apretó la mandíbula para controlar la rabia irracional que le producía oírla hablar con ese hombre. ¿Era posible que estuviera celoso? Era una idea absurda. Para estar celoso de otro hombre, necesitaba sentir algo por Emma... algo que no quería sentir.

Girándose, la observó mientras hablaba por teléfono. Llevaba el largo y sedoso cabello recogido en una cola de caballo. El viento se lo revolvía y le recordaba la sensación de su roce sobre la piel mientras dormía. Durante la semana anterior, desde el día que habían vuelto de la fiesta de compromiso, habían pasado todas las noches juntos, envueltos en un frenesí de pasión. Luego, ella se había dormido entre sus brazos. Y a él le había gustado la intimidad de ese gesto.

La risa de Emma, como respuesta a algo que Richard había dicho al otro lado de la línea, azuzó su irritación. Nikolai estaba decidido a no dejarse afectar por eso, aunque no lo lograba. El suyo iba a ser un matrimonio de conveniencia por el bien del bebé. Ella no había dudado en aceptar cuando él había puesto sobre la mesa todo lo que significaría para la estabilidad económica de su hermana.

Antes de que Richard hubiera llamado, Nikolai había estado a punto de contarle a su prometida que lo había preparado todo para que Jess volara a Nueva York a tiempo para la boda. Había empezado con los preparativos después de la fiesta de compromiso, donde no había habido ningún amigo o familiar de Emma. También había logrado convencer a su madre de que la ceremonia fuera solo un pequeño evento familiar. Hacía unos minutos, había ansiado revelarle esos detalles pero, de pronto, se le habían quitado las ganas.

–Era Richard –informó ella con una sonrisa, cuando se acercó a Nikolai de nuevo–. El reportaje ha salido y dice que es muy bueno.

–Si es lo que he leído ya, me alegro por ti –dijo él, tratando de no delatar sus celos.

–¿Por qué iba a ser diferente? –preguntó ella, frunciendo el ceño–. No confías en mí, ¿verdad, Nikolai?

Claro que no confiaba en ella, pensó Nikolai. Gracias a un momento de debilidad, se había enterado de todo. Todavía estaba en sus manos el poder de hundir a su madre en la vergüenza. Pero él no dejaría que eso sucediera de ninguna manera. Por eso había volado a Rusia hacía dos meses.

–¿Richard es muy amigo tuyo? –inquirió él, incapaz de seguir escondiendo su curiosidad... y la rabia que lo invadía al imaginársela con otro hombre.

–¿Por qué lo preguntas?

Nikolai no quería que ella descubriera lo que sentía. Así que decidió enmascararlo con un fingido aire de indiferencia.

–He limitado los invitados de la boda a amigos

cercanos y familiares. Por eso, quería saber si Richard es un amigo íntimo.

Emma bajó la vista. Cuando volvió a mirarlo, sus ojos estaban llenos de tristeza y decepción. Sin embargo, Nikolai se negaba a que lo hiciera sentir culpable.

—Me ha ayudado mucho y, sí, una vez yo quise que fuéramos más que amigos. Estoy segura de que tú también has tenido mujeres importantes en tu vida.

Su honestidad tomó a Nikolai por sorpresa y tardó unos segundos en responder.

—Sí, hubo alguien una vez.

¿Por qué había dicho eso?, se reprendió a sí mismo de inmediato. ¿Por qué tenía que hablarle de su anterior prometida?

—¿Una mujer a quien amabas? —preguntó ella con timidez.

—No, ella necesitaba que la amara, pero yo no podía darle eso. O no quería. En cualquier caso, rompimos nuestro compromiso.

—¿Ibas a casarte? —inquirió ella, arqueando las cejas, sorprendida.

—Sí, así es —reconoció él. Tal vez, era mejor contárselo. Así, Emma comprendería que hablaba en serio cuando le decía que no era capaz de amar, pensó.

Posando la mirada en la distancia, Emma cambió de tema, como si adivinara su reticencia a hablar.

—Siempre había querido ver la Estatua de la Libertad. Gracias por este paseo.

Nikolai levantó la vista, atónito. No se había dado cuenta de que ya habían llegado hasta allí. Estaba tan absorto con esa mujer que apenas se fijaba en el mundo que los rodeaba.

—No espero que me ames, Nikolai —informó ella con voz clara.

Sin embargo, su afirmación no disipó la intranqui-
lidad de Nikolai.

–¿Qué esperas, entonces?

–Nada. Me has dejado claro, desde el principio,
que no puedo esperar nada. Nuestro matrimonio es
solo por el bien del bebé –contestó ella, posando la
mano en el brazo de él.

Nikolai apartó el brazo de golpe, huyendo de ese
gesto de intimidad y cariño.

–Ambos saldremos ganando con este matrimonio,
Emma.

Con el corazón hecho pedazos, Emma sintió que
sus vanas esperanzas se evaporaban. Había creído que
la pasión que compartían podía encender la llama del
amor, pero las frías palabras de su prometido la saca-
ron de su error.

–Lo único que quiero es criar a mi hijo, Nikolai.
¿Me prometes que mi capacidad de hacerlo nunca
será cuestionada, incluso si estamos separados? –preguntó Emma. No quería revelarle la verdad que sub-
yacía a sus preocupaciones, pero debía dejarle claro
lo importante que era para ella que nunca la apartaran
de su bebé.

Quería que el niño supiera quién era, que no la
viera como una figura distante en las sombras, como
su propia madre había sido para ella. Todavía le dolía
que les hubiera dado la espalda a su hermana y a ella.
Siempre la había justificado diciéndose que había estado enferma pero, en el presente, con su bebé en camino, empezaba a pensar que su madre, simplemente,
no las había querido.

Nikolai la miró a los ojos con curiosidad. Sin embargo, para ocultar su dolor, Emma fingió contemplar
los edificios que se erguían en la orilla.

–¿Por qué iba yo a cuestionar eso? –quiso saber él, acercándose un poco.

–Ya te he dicho que mi hermana y yo fuimos dadas en adopción.

Frunciendo el ceño, Nikolai apretó los labios. Emma sabía que odiaba las conversaciones emotivas que le obligaban a mostrar empatía. ¿Acaso creía él que buscaba darle pena?, se preguntó ella.

Antes de que él pudiera decir nada, Emma prosiguió. Necesitaba contárselo. No podía pasarse el resto de la vida preocupada porque la declararan incapaz y le quitaran a su bebé. Por experiencia, sabía lo mucho que sufriría su hijo si lo hicieran.

–Nos dieron a adopción porque mi madre no podía cuidarnos. Prefería agarrarse a una botella de alcohol que tener en brazos a mi hermana, como tampoco me había cuidado a mí.

Con aire ausente, miró a los rascacielos ante ella, aunque sin verlos. No se atrevía a mirar a Nikolai. Temía leer la desaprobación en su rostro. Solo quería que él le prometiera que, pasara lo que pasara, nunca iba a poner en tela de juicio su capacidad de ser madre.

–¿De verdad crees que iba a separar a una madre de su hijo? –le espetó él, irritado.

–Me has hecho casi imposible negarme a nuestro acuerdo de matrimonio –le recordó ella, invadida por una incómoda sensación de ansiedad.

–Fuiste tú quien aceptó de inmediato mi oferta de subvencionar a tu hermana.

–No fue una oferta, exactamente, Nikolai. Fue, más bien, una orden. Casi podría llamarse chantaje –comentó ella. Debería hablarle de su padre, de cómo había crecido temiendo su rechazo.

La mirada de Nikolai se ensombreció.

–No fue una orden, ni un chantaje. ¿Qué clase de hombre crees que soy? ¡No necesito usar tácticas tan rastreras!

Emma levantó la vista hacia él con gesto desafiante. El corazón le latía acelerado, pero sabía que debía resolver aquello antes de casarse. No quería meterse en un matrimonio donde quedaran pendientes asuntos tan importantes como ese.

–No lo sé, Nikolai. Me has dejado claro que no te quieres casar por propia voluntad. Y sabes que tu madre está ilusionada pensando que estamos enamorados. ¿En qué clase de hombre te convierte eso?

El barco rebotó contra el muelle. Nikolai miró a su acompañante, preguntándose qué clase de monstruo creía que era. ¿De veras creía que iba a separarla de su bebé? Estaba tan furioso que no quería mirarla. No podía soportar su actitud acusadora.

¿Había sido un error insistir en casarse con ella? No podía darle la espalda a su hijo, pero la situación tampoco parecía ir por el camino correcto.

No, no había otro camino, caviló él. Era la única manera en que podía demostrar que no era como su padre. Necesitaba probar que tenía los genes bondadosos de su madre y que podía ser un buen padre. Quería que la infancia de su bebé fuera muy distinta de la suya... y de la de Emma.

–¿De verdad crees que un matrimonio sin amor es la forma de lograrlo? –le espetó ella, acalorada por la rabia.

Su pregunta lo tomó con la guardia baja. Ninguno de los dos se movió, a pesar de que era el momento de bajar del barco. ¿Por qué tenían que hablar todo el rato de amor?, se dijo él, molesto.

–Nuestro matrimonio lo logrará, porque no se verá afectado por una tontería tan grande como el amor –replicó él con tono duro.

–¿Y si uno de los dos se enamora? –quiso saber ella, cuestionando todo lo que él trataba de defender.

–Si lo que me contaste antes es cierto, eso no sucederá. Ninguno de los dos cree en el amor... a menos que estés enamorada de otro hombre. ¿Es eso? –dijo él, furioso al recordar lo feliz que se había mostrado ella hablando con Richard por teléfono.

–¿Cómo puedo estar enamorada de otro hombre cuando tú has sido el primero y el único? –replicó ella, ofendida.

Su razonamiento tenía lógica, admitió Nikolai para sus adentros. Sin embargo, los celos eran irracionales y no podía evitarlos, sobre todo, cuando la había visto tan radiante al hablar con su amigo.

–¿Amas a Richard? –preguntó él. No podía pensar con claridad. Ni siquiera pudo pensar en las palabras antes de que escaparan de su boca.

Ella soltó un grito sofocado y dio un paso atrás.

–¿Crees que amo a Richard?

–¿Qué tiene de increíble? –repuso él con impaciencia.

–Es mi amigo. Pero te seré sincera. Es dolorosísimo sentir algo por alguien que no te corresponde. Es algo que tú no has experimentado nunca, ¿verdad?

Antes de que él tuviera tiempo de responder, Emma lo dejó solo en cubierta y desembarcó con paso decidido.

Capítulo 10

DESPUÉS de la fiesta de compromiso, Emma había intentado mantener viva su esperanza de que las cosas pudiera cambiar entre ellos. Nikolai había representado a la perfección el papel de novio enamorado. El día anterior, sin embargo, su paseo en barco había destruido casi por completo sus esperanzas.

–He despejado mi agenda para hoy. Tengo todo el día libre –informó él, atravesó el salón y se paró delante de la ventana.

–Ya te tomaste el día libre ayer. No hace falta que lo repitas hoy –indicó ella, dolida porque, desde la conversación en el barco, él había mantenido las distancias. Las náuseas la asaltaron. Se llevó la mano a la cabeza y se inclinó, con un agudo dolor en el vientre. No se sentía bien para ir de excursión. Y, menos aún, para jugar a los novios felices con Nikolai.

Al pensar en cómo él la había manipulado para que aceptara casarse, atacando su punto débil, su incapacidad de dejar sin padre a su bebé, sintió otro retortijón. Tomó aliento, llena de dolor. Algo iba mal. El pánico la invadió. Deseaba tener ese bebé, con o sin Nikolai, ¿pero qué le sucedía? ¿Qué había hecho mal?

–Nikolai –dijo ella con voz temblorosa–. El bebé. Algo va mal.

Atravesada por la náusea, Emma cerró los ojos,

tratando de contener las lágrimas. No podía soportar pensar que algo le pasara a su bebé. ¿Y si lo perdía? Al pensar que eso mismo era lo que quería Nikolai, la rabia y el pánico se apoderaron de ella.

–Emma –dijo Nikolai, teléfono en mano. Tenía el ceño fruncido y el rostro pintado de preocupación–. Voy a llevarte al hospital.

Emma dejó escapar una lágrima de alivio. Nikolai iba a ocuparse de todo. ¿Pero podría impedir lo que más temía? Con otro espasmo de dolor en el vientre, cerró los ojos y todo se volvió a oscuro.

Cuando volvió a abrir los ojos, Emma estaba en el hospital. El pánico se apoderó de ella, mientras trataba de incorporarse en la cama. Nikolai se lo impidió, posando la mano en su hombro.

–Todo está bien. Quédate quieta.

Su tono de voz sonaba tranquilo y lleno de autoridad. Aun así, ella intentó levantarse. Quería respuestas. Necesitaba saber qué les había pasado al bebé y a ella.

–¿Mi bebé?

Nikolai se inclinó encima de ella para mirarla a los ojos. Su aroma a loción para después del afeitado la invadió, igual que la calidez de su cercanía.

–El bebé está bien. Tú estás bien. Así que, por favor, relájate. El estrés no le hará ningún bien a nuestro hijo.

–Gracias al Cielo –murmuró ella y cerró los ojos, aliviada.

¿Qué habría hecho si hubiera perdido al bebé? Aquella idea hizo mella en ella, como una serpiente venenosa. Si hubiera sucedido una semanas más tarde, habrían estado casados. ¿Qué habría hecho él, entonces, casado con una mujer que ya no estaba embarazada de su hijo?

–Has estado demasiado activa estos días –insistió él–. Necesitas descansar.

–Quizá deberíamos anular la boda –sugirió ella. No podía mirarlo. No podría soportar su rechazo. Sabía que, como su padre, Nikolai nunca había buscado casarse, ni tener hijos. No podía atraparlo en algo que él no quería. Pero, tampoco, podía privarle a su bebé de tener padre. Encogiéndose, le asaltó una terrible duda. ¿A quién debía serle fiel... a su bebé o a sí misma?

–Si el médico te da el alta para venir a casa, no anularemos la boda –señaló él con aspereza.

–Pero no es lo que tú quieres –replicó ella, sin poder ocultar su tristeza. Se odiaba a sí misma por seguir aferrándose a la esperanza de que, algún día, él la amara.

–Lo que nosotros queramos es irrelevante –afirmó él, observándola con irritación–. Se trata de hacer lo mejor para el bebé. Nos casaremos.

Nikolai trató de mantener a raya sus sentimientos, mientras ayudaba a Emma a sentarse. Nunca había experimentado algo parecido. Era algo de lo que había estado huyendo desde la primera noche que había pasado con ella en Vladimir.

No solo le importaba el bebé, también le importaba la mujer que lo llevaba en su seno. ¿Qué le había pasado? ¿Cuándo habían sido sustituidos la pasión y el deseo por algo más profundo y mucho más poderoso?

Nikolai no tenía ni idea. Pero estaba seguro de que había pasado. Miró a Emma, que lo contemplaba con ojos llenos de incertidumbre, y supo sin lugar a dudas que ella le importaba mucho. Era algo que le aterrorizaba. El amor siempre causaba dolor.

–Ahora vamos a hacerle una ecografía –informó una enfermera, sacando a Nikolai de sus pensamientos.

¿Una ecografía? ¿Podría ver a su bebé? ¿Ya?

–¿Hay algún problema?

Al escuchar la voz temblorosa de Emma, a Nikolai se le encogió el corazón. Deseó abrazarla, reconfortarla, quererla. ¿Pero cómo podía hacerlo, cuando no sabía cómo lidiar con unas emociones tan desconocidas para él?

–¿Lo hay? –preguntó él a su vez, mirando a la enfermera.

–Todo está bien –aseguró la mujer con una sonrisa–. Es solo para que se queden tranquilos.

–Gracias –dijo Emma.

Estaba muy pálida, pensó él, sintiéndose culpable por no haber hecho algo antes. No la había cuidado lo suficiente ni había prestado atención a lo cansada que estaba. Había puesto en peligro a su hijo.

Su hijo.

De pronto, al pensar en la enormidad de lo que significaban esas dos simples palabras, se quedó sin respiración. Emma le tocó el brazo con gesto cariñoso, inundándolo de calidez.

Poco después, se encontraron en una pequeña habitación. Emma estaba tumbada con el vientre al descubierto y la enfermera pasaba el escáner por su suave piel. Nikolai se dio cuenta de que ella tenía el puño apretado mientras se sujetaba el camisón, como si temiera lo peor. La pantalla no ofrecía ninguna imagen clara, hasta que, de pronto, una silueta inconfundible llenó el pequeño monitor.

Nikolai trató de sumar de cuántas semanas estaba. Intentó calcular el tiempo que había pasado desde la noche impresionante que habían compartido en Vladimir. Antes de que pudiera llegar a un resultado, la enfermera interrumpió sus pensamientos.

—Aquí está. Un bebé de diez semanas.

Nikolai no podía apartar los ojos de la pantalla, paralizado. Aquella figura borrosa era su bebé. Era pequeño, pero estaba ahí.

Un tenso silencio pesó sobre la habitación, mientras la enfermera movía el escáner. Nikolai no podía mirar a Emma, solo tenía ojos para el monitor que le mostraba el secreto de su bebé.

—Y todo parece normal —añadió la mujer, deteniendo el aparato para mostrar una imagen más nítida—. ¿Ven que se está moviendo y le late el corazón?

Invadido por un fiero instinto de protección, Nikolai supo en ese momento que sería capaz de hacer cualquier cosa por su hijo. Iría al final del mundo por él o por ella. Lo amaría incondicionalmente y se aseguraría de que no le faltara nada.

Amor.

¿Era capaz de amar a su hijo o hija? ¿Podía darle lo único que nunca había recibido de su propio padre?

Al fin, miró a Emma, que estaba contemplando la pantalla con una lágrima en la mejilla. ¿La quería?, se preguntó él. ¿Qué era esa poderosa sensación que le hinchaba el pecho cada vez que la veía o pensaba en ella? ¿Era amor? ¿Se había enamorado de una mujer que no podía corresponderle porque amaba a otro?

Con los ojos clavados en el monitor, Emma no pudo contener las lágrimas. Eran, en parte, lágrimas de felicidad porque su bebé estaba bien. Lo había visto moverse. Había visto su pequeño corazón. Pero eran, también, lágrimas de tristeza. Nikolai había estado en silencio todo el tiempo. No había dicho palabra, ni siquiera se había movido. ¿Acaso se estaba arrepintiendo de lo que había creado con ella?

En ese momento, cuando la enfermera empezó a recoger, Emma se atrevió a mirarlo por primera vez desde que habían empezado a hacerle la ecografía. La sanitaria los dejó a solas, sin duda, para darles tiempo de disfrutar su felicidad juntos. Nada más lejos de la realidad, pensó ella.

La verdad era que Nikolai no quería ese hijo. Había permanecido rígido a su lado con la vista fija en la pantalla. Y seguía sin moverse, sin mirarla.

El entusiasmo de haber visto a su bebé y saber que estaba sano se desvaneció al mismo tiempo que crecía la tensión en la habitación. Emma deseó que la enfermera no hubiera salido.

–Debes descansar –dijo Nikolai con tono más autoritario que nunca.

¿Acaso la culpaba por lo que había pasado?, se dijo ella. ¿Pensaba que era una madre descuidada e incapaz como había sido su madre con ella?

–Yo... creo que deberíamos posponer la boda –balbuceó Emma bajo la intensa mirada de él. Si lograba que Nikolai aceptara retrasarla, eso les daría tiempo para decidir si realmente casarse era lo correcto. Ella lo amaba, pero no podía atarlo en un matrimonio donde nunca la correspondería.

–No, pero no tienes que preocuparte por nada. Encargaré que lleven tu vestido a casa.

Nikolai se apartó, mientras ella se incorporaba. Se sentía más vulnerable que nunca. Era como si él lo supiera todo de ella. Pero Nikolai no sabía nada de su miedo al rechazo, de cómo lo había sufrido con su padre y, después, con Richard. Lo más duro de todo era tener que ser rechazada por el padre de su bebé, el hombre del que se había enamorado.

–No estoy segura de que el matrimonio sea lo adecuado en estos momentos –murmuró ella.

–¿Por qué? –preguntó él, afilando la mirada.

–No siento que sea correcto, Nikolai.

–Hemos hecho un trato, Emma.

Su tono frío y desapegado la conmocionó.

–Es como si me hubieras comprado. A mí y al bebé.

–Aceptaste el trato, Emma, y si mi memoria no me engaña, fuiste tú quien quiso asegurarse el futuro de tu hermana, no satisfecha con tener cubiertas las necesidades del bebé.

–Pero esto no está bien. No nos queremos –dijo ella en tono suplicante.

Cuando Nikolai se acercó, Emma contuvo el aliento, expectante.

–El amor no siempre es necesario, Emma –dijo él y le rozó la mejilla con suavidad–. A veces, la pasión y el deseo son una base más sólida sobre la que fundar un matrimonio. Y nosotros hemos demostrado de sobra que eso lo tenemos.

–Pero no es amor, Nikolai –insistió ella, estremeciéndose cuando él se acercó. ¿Por qué no podía admitir sin más que no la amaba, que nunca sentiría eso por ella?

–No me importa lo que sea. Hemos hecho un trato.

–¿Y será suficiente? –inquirió ella, apartándose. De pronto, necesitaba alejarse de su intensa mirada.

Nikolai miró a Emma, que intentaba evitarlo. ¿Tan desesperada estaba por alejarse de él? ¿Estaba haciendo lo correcto al insistir en casarse?

–Para mí, sí –afirmó él. No estaba dispuesto a revelar la profunda emoción que había experimentado al haber visto a su bebé. Quería proteger a su hijo, estar siempre disponible para su bebé. Y quería hacer lo mismo con Emma. Aunque, después de la llamada de Richard, dudaba que ella lo correspondiera.

Emma había ido a Nueva York para asegurarle un futuro a su hijo. Y, de paso, había aprovechado la debilidad de él para asegurarle estabilidad económica a su hermana también.

Era posible que Nikolai nunca hubiera buscado ser padre, pero la vida lo había puesto en su camino y no pensaba dejar que nadie lo separara de su hijo. Necesitaba demostrarse a sí mismo que no había heredado la crueldad de su propio progenitor.

–¿Y si un día eso cambia? –quiso saber ella.

–No cambiará, Emma –replicó él, decidido a ser el padre que él nunca había tenido–. Hemos creado un hijo juntos y eso nos unirá para siempre. Nada puede cambiarlo ya –repitió con rotundidad. Más que nunca, estaba seguro de que no quería dejar que Emma se fuera ni anulara su compromiso.

–Entonces, ¿no hay vuelta atrás? –dijo ella con obstinación.

–No.

Capítulo 11

FALTABAN solo dos días para la boda. Emma estaba muy inquieta. Había estado descansando mucho desde que había regresado del hospital, pero ese día era distinto. Había tenido mucho tiempo para pensar y sus dudas respecto a lo que iba a hacer eran cada vez más severas.

Había estado muy cerca de confesarle su amor a Nikolai cuando habían estado en el barco. Sin embargo, los minutos que habían hablado en el hospital le habían confirmado que la boda era una muy mala idea.

La reacción que él había tenido ante la ecografía lo demostraba. Emma sentía su rechazo, percibía las barreras que él levantaba para protegerse de cualquier vínculo emocional.

Por muchas veces que se hiciera la pregunta, siempre acababa llegando a la misma respuesta. ¿Cómo podía casarse con un hombre que no la amaba? Cada día, ella se había ido enamorando más y más. Si, al menos, no se hubieran acostado juntos la noche después de su fiesta de compromiso... Si él no hubiera despertado unos sentimientos tan hondos en ella, entonces, tal vez, podría haber representado el papel de su novia sin romperse la cabeza. Y, cada noche que pasaba con él, su corazón se llenaba de más amor.

El teléfono sonó en su mesilla. Emma se volvió desde la ventana y fue por él. Era un mensaje de Jess. La echaba de menos más que nunca. Si, al menos, su hermana estuviera allí con ella, podría enfrentarse a la situación un poco mejor.

Con un suspiro, leyó el mensaje. El corazón le saltó en el pecho de emoción.

¡Sorpresa! Estaré contigo en cinco minutos.

¿Jess estaba allí? ¿En Nueva York? ¿Cómo era posible? Emma recordó su conversación con Nikolai, cuando habían ido de paseo en el barco. Él debía de haberse ocupado de que Jess volara hasta allí. ¿Por qué lo había hecho? Esos gestos la confundían. A veces, era como si él sintiera algo por ella. Y eso lo complicaba todo mucho más todavía.

Con el corazón encogido, respondió a Jess. Una mezcla de entusiasmo y preocupación la invadía. Se preguntó de nuevo cuáles habrían sido los motivos de Nikolai para organizar el viaje de su hermana. Con un suspiro de frustración, le escribió a su prometido un mensaje para darle las gracias. Al menos, sabía ser educada.

Antes de que Emma pudiera hacer nada más, Jess apareció en la puerta con una gran sonrisa.

Emocionada de verla, Emma se quedó clavada al sitio. Jess soltó la maleta, caminó hacia ella y las dos se fundieron en un cariñoso abrazo.

–¿Cómo has llegado hasta aquí?

–Tu maravilloso prometido –contestó Jess, entusiasmada.

Claro, todo parecía maravilloso desde fuera, comprendió Emma. No podía dejar que su hermana adivinara la razón por la que había aceptado casarse.

–¿Nikolai? –preguntó Emma.

–¿Cuántos tienes? –replicó Jess, riendo–. Claro que Nikolai –añadió y dio unos pasos a su alrededor, admirando el lujo de la casa–. Lo ha preparado todo, hasta me dio la llave para entrar en vuestra casa. Es un hombre increíble, Em, tienes mucha suerte. Debe de quererte mucho.

Emma estuvo a punto de derrumbarse ante las palabras de Jess. Nikolai había desplegado sus encantos con su hermana, haciéndola creer lo que a él le convenía. Nunca se había sentido más atrapada.

–No me dijo nada –señaló Emma, tratando de no pensar demasiado. No quería estropear la llegada de Jess.

–Quería darte un sorpresa. Me hizo prometerle que no te diría una palabra. ¿Tienes idea de lo difícil que me ha resultado callármelo durante semanas?

¿Semanas?, se preguntó Emma. Nikolai lo había organizado todo antes de que ella le hubiera dicho que le gustaría que su hermana asistiera, en su conversación en el barco. ¿Lo había hecho, incluso, antes de la fiesta de compromiso? ¿Era esa la razón por la que él se había mostrado tan preocupado porque ninguno de los invitados, en esa ocasión, hubiera ido de parte de la novia?

–Bueno, pues me alegro –dijo Emma al fin, decidida a disfrutar de su hermana y no romperse la cabeza pensando en los motivos de Nikolai.

Cuando Nikolai regresó a su casa, oyó voces de mujeres en el salón que comunicaba con el dormitorio que había ocupado Emma el primer día y, en el presente, ocuparía su hermana. Durante un momento, se quedó parado, escuchándolas, contento porque Jess hubiera mantenido en secreto su llegada. Después del susto que se habían llevado con la visita al hospital, la presencia de Jess le parecía más importante que nunca.

—¿Vais a tener un hijo?

Al escuchar la pregunta emocionada de Jess, Nikolai permaneció en silencio en el pasillo para escuchar la respuesta de Emma. Pero no oyó nada. ¿Se había limitado ella a sonreír y asentir? ¿O estaba a punto de contarle a su hermana que el suyo iba a ser un matrimonio de conveniencia nada más?

El silencio llenó la casa durante segundos interminables. Nikolai no se movió, no quería que sus pasos delataran su presencia. Al final, Jess volvió a hablar, con tono de preocupación.

—Pero lo amas, ¿no?

Nikolai contuvo el aliento con la esperanza de que Emma actuara igual que había actuado con su madre, representando el papel de novia enamorada.

—Es un buen hombre —repuso Emma.

Al parecer, sus dotes de actriz no estaban en forma ese día, pensó Nikolai, decepcionado. Lo último que quería era que la hermana pequeña de Emma le revelara a su madre que su unión no estaba basada en el amor. Eso haría que su madre se sintiera culpable por lo que había pasado en su infancia. Lo único que ella había querido había sido que su hijo hubiera encontrado el amor de su vida.

—Pensé que tú buscabas el amor verdadero —comentó Jess en un susurro.

En esa ocasión, sin embargo, Nikolai no quería

escuchar la respuesta de Emma. Sabía que, en el fondo, ella quería algo que él no podía darle.

Caminó con firmeza sobre el suelo, sus pasos bloqueando el sonido de las voces. Se sirvió un vaso de whisky. Las mujeres se quedaron calladas. Y, de pronto, él deseó haber seguido en silencio para conocer la respuesta de Emma. ¿Tan malo era ser amado por la madre de su hijo? Entonces, recordó que, por un momento, en el hospital, había deseado justo eso.

—No te he oído entrar —dijo Emma con tono cauto.

Nikolai se volvió para mirarla. Estaba muy pálida.

—Acabo de llegar.

Emma se acercó. Parecía avergonzada, incapaz de mirarlo a los ojos. Era la misma timidez que le había mostrado al principio de su noche juntos, cuando habían vuelto del paseo en trineo.

—Gracias —dijo ella con suavidad.

—¿Por qué?

La emoción que leyó en sus grandes ojos verdes era demasiado para Nikolai. No quería complicarse la vida con emociones. Por eso, no había querido mirarla a los ojos cuando habían visto la ecografía.

—Por traer e Jess —dijo ella con un tímida sonrisa—. No tienes idea de lo mucho que significa para mí... y para Jess.

Una joven morena entró en la habitación con una sonrisa. Se parecía mucho a Emma.

—Tú debes de ser Jess.

—Las dos nos alegramos de estar juntas. Casarme será más fácil con Jess a mi lado —indicó Emma, tendiéndole la mano a su hermana.

Irritado, Nikolai apretó los labios. ¿Le resultaba difícil casarse? Por lo que acababa de decir, era obvio que Jess estaba al corriente de todo. Ya no hacía falta seguir fingiendo. ¿No demostraba eso que Emma se casaba solo porque estaba embarazada?

—Tú me ayudaste con mi madre. Es justo que tú también sacaras algo bueno de nuestro trato —señaló él y se giró hacia Jess, pues necesitaba distraer de Emma su atención cuanto antes—. ¿Has tenido buen viaje?

—Sí, gracias. Nunca había volado en primera clase antes —contestó Jess, sonriendo emocionada.

Al notar cómo Emma lo observaba, Nikolai no pudo evitar que le subiera la temperatura. Su cuerpo reaccionaba a ella por voluntad propia. Tenía que salir de allí cuanto antes, se dijo él.

—Os dejaré solas, entonces. Más tarde, vendrán a probarte el vestido —informó él y, sin darle tiempo a responder a su prometida, se dirigió a la puerta.

Nikolai pensó que había sido buena idea reservar en un hotel hasta el día de la boda. Boda. Cuando anuló su primer compromiso, nunca imaginó que acabaría casado. Y, menos aún, que sería padre.

Antes de salir, se volvió hacia ellas.

—He hecho una reserva en un hotel hasta el día de la boda, para no molestaros.

—No tienes por qué hacer eso —replicó Emma, alarmada.

—Claro que sí —opinó Jess—. Es de mala suerte ver a la novia antes de la ceremonia.

—En ese caso, me voy ya.

Emma contempló cómo se iba Nikolai, enfadada porque, después de todo lo que ella había hecho para seguirle el juego delante de su madre, él no se había molestado en representar el papel de novio enamorado. Más bien, se había mostrado irritado y molesto. ¿Qué pensaría Jess?

¿Por qué había elegido Nikolai ese preciso momento para quitarse la careta cariñosa que había estado usando toda la semana? Emma le había dicho a Jess que lo amaba y que le hacía feliz convertirse en su esposa y en madre de su hijo. De pronto, él se había presentado en casa como un león furioso y había dejado claro que su matrimonio era un acuerdo de conveniencia nada más.

—No soy tonta, Em, sé lo que está pasando —dijo Jess, sacándola de sus pensamientos.

Emma se volvió hacia su hermana, que la contemplaba con el ceño fruncido de preocupación. ¿Qué era lo que sabía Jess? ¿Que su embarazo había sido un error y que ella había abandonado su sueño de felicidad para hacer lo mejor para el bebé?

—No pasa nada. Es normal que los novios estén nerviosos antes de la boda —aseguró Emma. Sin embargo, sus dudas eran mayores que nunca. ¿De veras estaba haciendo lo correcto al casarse con un hombre que no la quería?

—Dime qué te pasa, Em, por favor —suplicó Jess.

A pesar de su juventud, gracias a su difícil infancia, su hermana había aprendido a detectar de lejos las situaciones dolorosas. Emma suspiró.

—No puedo casarme con él, Jess. No puedo unirme a un hombre que huye del amor. Pero, sobre todo, no puedo seguir temiendo su rechazo, hacia mí y hacia el bebé.

Las interrumpió la llegada de la modista y sus ayudantes para probarle el vestido de novia. También llevaban un perchero lleno de opciones para la dama de honor. Emma las dejó entrar. El hecho de ver los vestidos le hizo recordar que lo inevitable estaba cerca. Iba a casarse con un hombre que nunca le daría lo que ella siempre había soñado.

Pero podía darle a Jess la oportunidad de ser alguien, pensó.

Emma trató de sacarse esos pensamientos de la cabeza y se acercó a las ventanas. Sin embargo, apenas prestó atención a las bonitas vistas. Jess caminó hasta ella.

–¿Por qué dices eso? –quiso saber su hermana, preocupada.

–Nunca me cuenta lo que siente –respondió Emma en voz baja, ocultando que Nikolai sí le había dicho que no quería saber nada de amor.

–Creo que eso es normal en los hombres –contestó Jess con seguridad. Cuando Emma la miró, sorprendida por su comentario, sonrió–. ¿Qué?

–¿Sabes de lo que estás hablando, acaso? –dijo Emma, riendo. Ante todo, quería quitarle tensión al ambiente. No debería hablar con Jess de esas cosas. No quería que su hermana descubriera nunca las condiciones exactas de su acuerdo con Nikolai.

–Claro que sí. Veo películas, escucho hablar a la gente... –replicó Jess, riendo también, aliviada porque Emma hubiera abandonado su expresión grave.

Emma se obligó a dar de lado a sus dudas. Se iba a casar por el bien de Jess y por el bien del bebé. Eso significaba que no podía desvelar lo mucho que dudaba de sí misma por haber aceptado un acuerdo semejante.

–¿De qué color te apetece tu vestido? –preguntó Emma, tocando la hilera de atuendos que colgaban de un largo perchero.

–Azul –respondió Jess–. Siempre dijiste que el azul era tu color de la suerte.

–Pero tu favorito es el rosa, ¿no? –replicó Emma, conmovida porque su hermana quisiera agradarla antes que nada.

–Sí. Pero quiero que tengas toda la suerte del mundo, así que mi vestido será azul.

Mientras hablaban, la modistas les mostraron varios vestidos, aunque uno de palabra de honor color azul cielo llamó la atención de las dos hermanas al mismo tiempo. Momentos después, Jess estaba bailando por toda la casa.

–¡Me queda perfecto! ¡Tiene que ser este!

–Estás preciosa, Jess. Ya eres una mujer.

–Sí, lo soy. Así que tú puedes vivir tu vida tranquila con tu príncipe azul y dejar de preocuparte por mí.

A Emma se le inundaron los ojos de emoción ante su comentario y soltó una risita nerviosa.

–Ahora me toca a mí elegir mi vestido. Es todo tan apresurado... Dudo que pueda encontrar alguno a mi gusto.

Una hilera de vestidos de novia de colores crema y blanco se extendió delante de ella. No tenía ni idea de cuál mirar primero. ¿Debería elegir uno largo hasta el suelo? ¿Y tendría que ser blanco o crema?

–Este –dijo Jess, tirando de la falda de un hermoso vestido blanco–. Pruébatelo.

Ayudada por la modista, Emma se probó el vestido de encaje con escote de palabra de honor también. Combinaba a la perfección con el de su hermana. Cuando le hubieron abrochado la cremallera, se miró al espejo y vio a una hermosa novia en él. Era un atuendo sencillo y elegante, con una pequeña cola.

Nunca se había imaginado a sí misma con un vestido así.

—Está hecho para ti —comentó Jess con una sonrisa—. Eso es buena señal. Nikolai y tú seréis una pareja ideal.

Capítulo 12

EMMA se despertó de golpe. Su cama estaba fría y vacía desde el día en que Nikolai se había mudado a un hotel. Tal vez, él tenía dudas, por eso se mantenía alejado de ella. Debería haber intentado aclarar las cosas cuando habían estado en el hospital, se dijo a sí misma.

Miró a su alrededor. El sol de la mañana bañaba la habitación e iluminaba el vestido de novia que colgaba listo para esa tarde, para el momento en que debería sellar el acuerdo más difícil de su vida.

¿Podía hacerlo? ¿Podía embutirse en el vestido de encaje blanco y convertirse en la esposa de Nikolai, sabiendo que él nunca la amaría?

Se puso los vaqueros y una sudadera, con unas zapatillas. No quería seguir mirando el vestido más tiempo. Debía salir de allí, dar una vuelta para poder pensar. Cada vez era más poderosa la sensación de que iba a cometer un error, tanto que la sofocaba.

–¿Adónde vas? –preguntó Jess, al entrar en el dormitorio.

–Necesito dar un paseo –dijo Emma–. Necesito pensar, Jess. Tengo que pensarlo muy bien antes de cometer un terrible error.

Emma posó los ojos en el bonito vestido azul de la dama de honor, colgado junto al suyo. Mientras se los habían estado probando el día anterior, Jess había estado tan entusiasmada que la había contagiado y casi le había hecho creer que todo podía salir bien.

Pero nada podía salir bien. Nikolai nunca la amaría como ella lo amaba. Si se casaba con él, sería la peor equivocación de su vida.

–¿Qué pasa, Em? –quiso saber Jess y se acercó a toda prisa hacia ella.

¿Cómo podía contárselo?, se dijo Emma. ¿Cómo podía mirar a su hermana a los ojos y confesarle que estaba dispuesta a renunciar a su sueño o, peor aun, a dejar a su hijo sin padre?

–No estoy segura de que pueda seguir con esto –admitió Emma, notando la preocupación en el rostro de Jess. Deseó no haber dicho nada, pero tenía que hacerlo. Dentro de seis horas, iba a tener que ponerse el vestido de novia. ¿Y si no podía? ¿Y si no era capaz de casarse con Nikolai? Tenía que decirle algo a su hermana. Debía advertirla de que las cosas no eran como deberían ser.

–Pensé que eras feliz, que lo amabas –comentó Jess con un atisbo de pánico.

Eso era lo último que Emma quería, que su hermana tuviera miedo. Las dos habían sufrido demasiado temor y disgusto en sus vidas. ¿Cómo se había metido en un lío tan grande?

–Lo era –dijo Emma con un suspiro, posando los ojos en los árboles verdes del parque que se extendía bajo la ventana–. Y lo quiero.

«Lo quiero demasiado y no puedo soportar su rechazo», pensó.

–Entonces, ¿qué va mal? –preguntó Jess, tocándola con suavidad en el brazo para sacarla de sus pensamientos.

Emma cerró los ojos para no llorar, reconociendo para sus adentros que se había enamorado de Nikolai incluso antes de que él le confesara que no podía amar a nadie. No fue capaz de contener las palabras.

—Él no me quiere.

Cuando Jess dejó caer su brazo, lívida, Emma no fue capaz de mirarla. No podía contarle el fondo de todo, ni explicarle por qué había aceptado casarse. Había fallado a su hermana. Y, si dejaba plantado a Nikolai, estaría echando por la borda la oportunidad de que su hijo tuviera una vida distinta.

—Creo que te equivocas en eso.

—Jess, tú no lo entiendes —repuso Emma, acalorada.

—Anoche te miraba como si quisiera comerte viva —observó Jess.

Las palabras de su hermana no hicieron más que confirmar lo que Emma pensaba. Lo único que Nikolai sentía por ella era deseo, pura lujuria nada más.

—Eso no es amor, Jess. No se puede construir un futuro sólido sobre la atracción física. Acuérdate siempre —dijo Emma. Sin embargo, ella misma no podía servirle de buen ejemplo a su hermana pequeña.

—Te equivocas, Em. Lo que yo vi en sus ojos anoche fue amor. Cualquiera puede ver eso.

—No seas tonta. Ni siquiera tienes diecisiete años. ¿Cómo vas a saber el aspecto que tiene el amor? —le reprendió Emma, irritada con la conversación. Lo único que quería era salir de la casa. Necesitaba tiempo para pensar qué hacer... después de que le dijera a Nikolai que no podía casarse con él.

—Sé que es amor, Em, lo sé. Él te quiere —insistió Jess—. No dejes que el pasado se interponga en tu futuro. Tú no eres mamá y Nikolai no es nuestro padre.

Pero Emma ya había tomado una decisión y no quería escuchar.

—Tengo que salir de aquí.

Durante una hora, Emma vagabundeó por el parque, aunque no consiguió consuelo alguno a sus lúgubres pensamientos. No dejaba de darle vueltas a que debía decirle a Nikolai que todo había acabado. Se sentó en un banco y sacó el móvil. Le temblaban las manos y tenía el corazón hecho pedazos, pero era algo que debía hacer. No podía seguir participando en aquella farsa. Era hora de ponerle fin.

Marcó el número de Nikolai y esperó, en parte, deseando que él respondiera y, en parte, deseando que no lo hiciera. Cuando saltó el contestador, estuvo a punto de colgar sin dejar mensaje. Pero, si no hacía lo que tenía que hacer, sería demasiado tarde después y Nikolai la estaría esperando en la puerta de la pequeña capilla que había reservado para la ceremonia.

—Soy yo, Emma —dijo ella al teléfono con voz temblorosa. Tomó aliento para recuperar su firmeza. Debía dejar un mensaje claro y decisivo—. No puedo seguir con esto, Nikolai. Cometí un error al aceptar el trato. No puedo asarme contigo. Regreso a Londres con Jess... esta noche.

Emma colgó y se quedó mirando al teléfono como si estuviera a punto de explotar. Sin embargo, en su interior, sabía que había hecho lo correcto. No podía casarse con un hombre que no la quería, menos cuando ella lo amaba cada día más. Hasta entonces, había pensado que había estado haciendo lo correcto. Pero había comprendido que ni ella ni su bebé podían ser felices en una unión sin amor.

Eran casi la diez. La boda estaba preparada para las tres. Nikolai tenía tiempo para arreglarlo todo y hacer las cancelaciones oportunas. Y Emma tenía tiempo para reservar un vuelo para Jess y ella. Esperaba que Nikolai no tratara de convencerla de seguir adelante con la boda. ¿Por qué iba a hacerlo, si nunca había buscado el matrimonio ni la paternidad?

Emma solo quería vivir en paz. Por supuesto, tendrían que ponerse de acuerdo sobre las cosas del bebé, pero eso podía esperar a que estuviera más tranquila, más capaz de mantener sus sentimientos a raya.

Había hecho lo correcto, se repitió a sí misma. ¿Pero por qué no se sentía mejor? ¿Acaso las cosas podían empeorar? Estaba embarazada de un hombre al que amaba, pero él solo quería atarla a un matrimonio de conveniencia. La chispa de la atracción sexual no podía mantener por sí misma un matrimonio para siempre. Y, una vez que decayera, ella no podría seguir viviendo esa mentira... ni seguir ocultando su amor.

Apagó el teléfono y se quedó sentada un rato más, envuelta por la tranquilidad del parque. Solo necesitaba unos minutos para recomponer sus emociones. Luego, iría a la casa, reservaría su vuelo y se marcharía de Nueva York. Podía explicárselo todo a Jess en el camino de regreso. Admitiría ante ella que había cometido un error al aceptar el acuerdo de Nikolai.

Nikolai intentó llamar a Emma de nuevo, mientras recorría el parque a pie. Jess le había aconsejado que la buscara allí, después de que él hubiera llamado a la casa. Estaba furioso y no podía dejar de recordar el mensaje que le había dejado en el contestador. Emma no quería casarse.

Cada vez que recordaba sus palabras, la rabia lo invadía, unida al dolor del rechazo. Debería habérselo imaginado, se dijo Nikolai. Lo que ella le había dicho en el hospital después de la ecografía tenía sentido. Mientras había estado anonadado contemplando a su bebé y abriéndose a la idea de ser padre, ella había estado cavilando cómo dejarlo plantado.

Lleno de furia, aceleró el paso. No tenía ni idea de por dónde empezar a buscar. Como una salvaje, se sacó el móvil del bolsillo y llamó otra vez. Nada. Emma lo había apagado. Si creía que apagando el teléfono podía detenerlo, estaba muy equivocada. No estaba acostumbrado a que la gente rompiera sus acuerdos y, menos aun, a que le negaran lo que quería. Y quería a Emma.

Aquel pensamiento brotó de su mente como una cascada de agua después del invierno helado. Quería a Emma de veras. No era solo deseo, sino algo mucho más profundo. No tenía nada que ver con el bebé. Quería a Emma.

El parque estaba lleno de paseantes, gente corriendo y personas con perros. Nikolai miró a su alrededor, buscándola. Podía estar en cualquier sitio. Soltando una maldición, se encaminó al lago. Entonces, al doblar una curva, la vio entre los árboles. Estaba sentada en un banco con la mirada perdida, absorta en sus pensamientos.

Nikolai se contuvo para no correr hacia ella y exigirle explicaciones por su mensaje de voz. Caminó despacio, aprovechando el que ella estaba mirando en otra dirección. Su pelo largo brillaba bajo el sol. ¿Volvería a sentir su sedoso contacto bajo los dedos?, se preguntó él.

Emma se giró hacia él y, al verlo, una expresión

muy parecida al terror se dibujó en su rostro. ¿De qué tenía miedo?, se dijo Nikolai, dolido al ver que ella se ponía tensa. ¿Acaso lo odiaba?

Emma no se movió. Solo bajó la vista, como siempre hacía cuando estaba ante una situación difícil. El que no se moviera del sitio... ¿era una invitación para que él se acercara? A Nikolai le importaba un pimiento. Iba a sentarse con ella de todas maneras.

«No puedo dejar escapar a la mujer que amo», se dijo.

Con el corazón acelerado, Nikolai se quedó clavado al sitio. La amaba.

Observando su bella figura rodeada de árboles, comprendió que un abismo los separaba. Él la había apartado de su corazón desde el principio y ella se había mostrado más que contenta con aceptar sus términos y condiciones. Sin embargo, al fin, admitió que no era eso lo que buscaba. Quería estar con Emma, quería que fuera su esposa y la madre de su hijo, pero no por obligación sino... por amor.

¿Podía arriesgarse a confesárselo todo?, caviló Nikolai. ¿Cómo iba a decirle que la amaba, después de lo mucho que había renegado del amor? ¿O era mejor intentar persuadirla de ceñirse a su acuerdo sin más?

Una amarga desolación atenazaba su pecho, su corazón. La misma sensación que había experimentado al ver a Emma la primera vez lo invadía, pero con más fuerza que nunca, obligándole a aceptar la verdad. Aquello era amor.

Emma lo miró con aprensión. Despacio, Nikolai se acercó a ella. Cada paso le resultaba más difícil que el anterior. ¿Cómo podía contarle lo que sentía de verdad, cuando él mismo acababa de descubrirlo?

–¿Pensabas que un mensaje de voz era bastante para librarte de nuestro acuerdo? –le espetó él. No había querido decir eso en absoluto, pero su impulso de autoprotección, su miedo al rechazo, le empujó a hacerlo y le impidió expresar lo que de veras había querido decir.

Emma posó sus preciosos ojos verdes en él.

–No esperaba que no respondieras el teléfono.

–Estaba en la ducha –dijo él con rapidez, sin poder evitar recordar las veces que habían compartido su pasión juntos bajo la ducha.

Ella volvió a apartar la mirada. ¿Estaba recordando lo mismo que él? Nikolai se sentó a su lado.

–No importa, Nikolai. No puedo casarme contigo –señaló ella, levantando sus ojos hacia él.

–¿Ni siquiera por el bebé? –preguntó él, apretando los dientes preso del pánico. No podía dejarla marchar. La amaba. ¿Desde cuándo sentía eso por ella? Al instante, supo la respuesta. La había querido desde la primera noche que habían pasado juntos en Vladimir. Tal vez, desde el primer momento en que la había visto.

–No –negó ella, meneando la cabeza y posando los ojos en los árboles que tenía delante.

¿Por qué evitaba mirarlo?, se preguntó Nikolai. ¿Acaso quería ocultarle algo? ¿Pero qué?

Emma leyó el dolor en sus ojos y adivinó que Nikolai culpaba de todo a su pasado, a los errores de su padre. Con el corazón encogido, deseó abrazarlo, asegurarle que no tenía nada que ver con eso. Pero, si lo hacía, acabaría confesándole que no podía casarse con un hombre que no la amaba como ella a él. Y se delataría a sí misma.

–No tiene nada que ver contigo –explicó ella–. Soy yo –añadió, mirándolo a lo ojos.

–Entonces, ¿te satisface romper nuestro acuerdo? –le espetó él con voz extrañamente calmada.

–Es lo mejor para nuestro bebé –dijo ella con el corazón más acelerado que nunca. A pesar del caluroso día, se estremeció con un escalofrío de aprensión.

–Nuestro hijo saldrá beneficiado si nos casamos. ¿Qué tiene de bueno que lo críes tú sola, mientras yo vivo en la otra punta del mundo?

Su tono despreciativo fue demasiado para Emma. ¿Intentaba ponérselo más difícil?, se preguntó ella. ¿O pensaba hacer realidad su peor pesadilla y arrebatarle al bebé?

En cualquier caso, debían aclarar las cosas en ese mismo momento. Ella no podía pasarse el resto del embarazo preguntándose qué sucedería a continuación.

–Nuestro bebé estará mejor con una madre y un padre que están felices separados, que si vivimos infelices bajo el mismo techo

–¿Y tú vas a ser feliz?

La pregunta de Nikolai la tomó por sorpresa, igual que su tono de voz. Sonaba derrotado. Nunca le había oído hablar así.

–Solo quiero que mi hijo crezca feliz, que nunca se sienta rechazado por su padre –explicó ella.

–¿Y tú crees que soy capaz de rechazar a mi hijo o hija? –replicó él, ofendido–. Después de todo lo que sufrí de niño, ¿crees que podría hacer daño a mi propio hijo?

Emma bajó la vista. Nikolai había malinterpretado sus palabras y se odiaba a sí misma por hacerle sufrir.

De niño, había hecho todo lo que había podido para proteger a su madre. Y lo seguía haciendo en el presente. Por eso, había insistido en que se fingieran enamorados en la fiesta de compromiso. Y, por eso, había ido a Vladimir, para impedir que descubriera sus secretos.

Dejándose llevar por su instinto, ella posó una mano en el brazo de él.

—No, Nikolai, no pienso eso. No quiero que mi hijo pase por lo que yo he pasado. No puedo dejar que lo rechaces cuando ya no te sea de utilidad.

Nikolai le dio la mano.

—Yo nunca haría eso, Emma. Nunca.

Cuando ella lo miró y leyó ternura en sus ojos, estuvo a punto de cambiar de idea, pero sus siguientes palabras pronto le confirmaron que la boda no era buena idea.

—No voy a dejar que te vayas. Quiero ver cómo crece mi hijo. No quiero ser nunca como mi padre y, de la misma manera, te prometo que nunca haré lo que el tuyo te hizo a ti.

—Eso no implica que tengamos que casarnos.

—Nos casaremos como habíamos planeado, Emma —afirmó él y se miró el reloj—. En menos de cuatro horas, serás mi mujer.

Capítulo 13

LO SIENTO, Nikolai –dijo ella, levantándose de un salto–. Es demasiado tarde.

Sin palabras, como si le acabara de atropellar un camión, Nikolai se quedó mirándola, inmóvil. No fue capaz de decirle lo que tenía que decir.

Ella se dio la vuelta y comenzó a alejarse.

No podía dejar que sucediera, se dijo Nikolai. No podía permitir que lo abandonara antes de que pudiera confesarle lo que acababa de descubrir. Atenazado por los nervios, se quedó un momento más paralizado.

–Emma, espera –gritó él.

Sin embargo, Emma no se detuvo, no aminoró el paso. Lo estaba abandonando. Tenía que hacerla entrar en razón, se dijo él. Debía hacer que comprendiera. Y solo había una manera de conseguirlo.

Deprisa, la siguió y la alcanzó justo cuando iba a cruzar un puente.

–Te necesito, Emma.

¿Había dicho esas palabras en voz alta? Nikolai se quedó parado en un extremo. Ella titubeó y se quedó parada, en medio del puente, dándole la espalda. Durante segundos que le parecieron horas, él esperó a que se girara. Cuando lo hizo, vio que estaba a punto de llorar. Se odió a sí mismo por eso y comprendió que había metido la pata desde el principio, desde la primera noche en que habían dormido juntos.

—No digas cosas que no sientes, Nikolai.

—Lo siento, Emma. Te necesito —repitió él. Por dentro, algo le advirtió de que eso no bastaba, debía continuar y decirle que la amaba. No podía hacerlo, sabiendo que Emma quería a otro. Pero estaba embarazada de su hijo y era el único hombre con quien había hecho el amor. Aquello debía significar algo para ella, ¿o no?

—No es suficiente —repuso ella con firmeza y gesto desafiante—. Quiero más que eso, Nikolai. Quiero que me necesites por ser quien soy, no por estar embarazada de tu hijo. Y, sobre todo, quiero ser amada.

A Nikolai se le encogió el estómago al escucharla. ¿Planeaba Emma regresar a Londres para estar con Richard? ¿Tanto lo quería?

—Siempre pensé que el amor no era más que una palabra —repuso él, dando un paso hacia ella. ¿Iba a tener el valor necesario para revelarle sus sentimientos, tan nuevos todavía para sí mismo?

—Me lo dejaste muy claro desde el principio —señaló ella. Sin embargo, no se marchó. Siguió allí parada, mirándolo con fiera determinación, sin dejar de mirarlo a los ojos.

Emma tenía razón, admitió Nikolai para sus adentros. Desde el principio, le había dejado claro que no creía en el amor. De esa manera, había intentado protegerse siempre del dolor del rechazo. La historia de sus padres le había enseñado que el amor podía provocar emociones muy dolorosas.

Pero no podía seguir pensando así. Debía reconocer sus sentimientos y darles vuelo. Incluso cuando Emma tenía el poder para hacerle pedazos el corazón.

Si ella no lo correspondía, se hundiría en la miseria. Pero eso no podía decírselo. Quería que ella fuera feliz, con él o sin él. Si de veras estaba enamorada de otro hombre, debía dejarla ir. La amaba tanto como para eso.

Nikolai recordó el día en que habían hablado sobre el amor y cómo Emma se había reído ante ese concepto. Al negar lo que realmente había ansiado su corazón, había allanado el camino para ambos.

—Bromeaste una vez sobre el amor y la felicidad. Tú te burlabas de eso tanto como yo, Emma —dijo él y dio unos pasos más, animado porque ella seguía sin moverse, sin darle la espalda.

—Entiendo por qué no quieres abrirle las puertas al amor, Nikolai. Pero las cosas que yo he vivido de niña me hacen desear esa felicidad todavía más.

Cuando Emma dio un paso hacia él, Nikolai se llenó de esperanza.

—Queremos cosas diferentes. Tú quieres mantener las emociones al margen. Yo quiero amor —reconoció ella.

Sus últimas palabras le llegaron como un dardo y le impulsaron a preguntar lo que necesitaba saber, a pesar de que la respuesta podía herirle como un puñal en el pecho.

—¿Y te da Richard ese amor?

—¿Richard? —repitió Emma, sorprendida.

¿Qué tenía que ver Richard con todo aquello? Se rompió la cabeza pensando cómo había llegado él a esa conclusión. Entonces, recordó la llamada de teléfono de su amigo cuando habían estado dando un paseo por el río. Nikolai se había puesto de mal humor en cuanto ella le había dicho quién había llamado. Había pensado que había estado enfadado, nada más.

¿Acaso se había sentido amenazado por Richard? ¿Celoso?

Un atisbo de esperanza brilló dentro de ella. Miró a Nikolai, que estaba parado al otro lado del puente, como si no se atreviera a acercarse más.

–¿Tú lo amas, Emma? ¿Es el hombre con quien quieres estar? –preguntó él con voz cargada de emoción.

Emma parpadeó, conmocionada. ¿Realmente creía él que estaba enamorada de Richard? Entonces, lo contempló desde la perspectiva de Nikolai. Ella había creído estar enamorada de Richard hacía años, luego, su relación se había convertido en una bonita amistad. Algo que podía ser interpretado por un tercero.

–Richard y yo solo somos amigos. Siempre lo hemos sido –informó ella, frunciendo el ceño. ¿De verdad veía a Richard como una amenaza?

–Pero tú quieres algo más de él, ¿no, Emma? Me lo contaste en el barco.

–¿Ah, sí?

–Duele mucho sentir algo por alguien que no te corresponde. Eso me dijiste en el barco –le recordó él, contemplándola con atención y avidez.

Emma se agarró a la barandilla del puente. Le temblaban las rodillas. En esa ocasión, se había referido a Nikolai, no a Richard, pero él lo había malinterpretado. No era de extrañar que se hubiera vuelto tan distante de pronto ese día.

La cabeza empezó a darle vueltas y las náuseas la invadieron. Apenas podía pensar. Ni seguir de pie. No había comido nada, había estado demasiado nerviosa. Y no podía...

Unos fuertes brazos la sujetaron justo antes de que cayera al suelo. Nikolai la rodeó con su sólida calidez.

Sentir su abrazo era casi insoportable para Emma. Era como estar en su hogar... y le rompía el corazón todavía más.

–No estás bien.

–Igual es mejor que hablemos luego –musitó ella, cerrando los ojos para sumergirse durante un momento en su reconfortante cercanía.

–No, hablemos ahora. O nunca –replicó él con intensidad–. Tú decides, Emma.

Ella no quería hablar, no se sentía bien para pensar. Pero tampoco podía irse sin decir nada. No, cuando él la abrazaba con tanta ternura y la miraba con ese anhelo. ¿Era posible que Nikolai sintiera algo por ella? ¿Podía ser amor?

Necesitaba aclarar las cosas. Quería explicarle a Nikolai lo mucho que se había equivocado. Perdiéndose en sus hermosos ojos, se contuvo para no acariciarle la mejilla.

–No hablaba de Richard cuando dije eso.

Nikolai se había dado prisa para sujetar a Emma entre sus brazos antes de que pudiera caer al suelo. Había inhalado su dulce aroma, había sentido la calidez de su cuerpo... y sus sentidos habían quedado noqueados, a pesar de lo preocupado que estaba por su salud. ¿Cómo no se había dado cuenta antes? ¿Cómo no había comprendido antes lo mucho que la amaba?

Apoyada en la barandilla, Emma lo miró, como si esperara que dijera algo. Sus ojos estaban llenos de desesperación. Ella había hablado, pero él había sido incapaz de escucharla. Estaba demasiado conmocionado por sus propios sentimientos.

—¿Qué has dicho? —preguntó él con amabilidad, incapaz de contenerse para no acariciarle el pelo.

Emma levantó la vista hacia él, llena de lágrimas.

—He dicho que no hablaba de Richard, cuando dije eso en el barco.

Nikolai se quedó paralizado y contuvo el aliento, deseando que ella dijera algo más. Pero ella guardó silencio y bajó la cabeza. Si no había hablado de Richard, ¿a quién se había referido cuando había dicho que era doloroso amar a alguien que no la correspondía? ¿Había estado hablando de él? ¿Era posible que Emma lo amara?

—Emma —dijo él, sujetándola de la barbilla para que lo mirara—. ¿Alguna vez le has dicho a ese hombre que lo quieres?

Ella le recorrió el rostro con los ojos, despacio, como si quisiera grabarse cada detalle en la memoria. Meneó la cabeza.

—No es lo que él quiere escuchar. No cree que exista el amor, al menos, no para él. Nunca podré decírselo. No es posible.

No había nada más que hacer. Nikolai debía demostrarle su amor y confesárselo en ese mismo momento. Si no lo hacía, sabía que la perdería para siempre.

—Quizá, es él quien tiene que decírtelo. Tal vez, necesita ser franco y admitir algo que nunca creyó posible.

Emma se llenó de esperanza, de pronto.

—Igual es eso —dijo ella, observándolo con atención, deseando que él dijera las palabras,

—Te amo, Emma Sanders. Perdidamente y sin remedio.

Ella cerró los ojos y se relajó entre sus brazos. Entonces, Nikolai no pudo seguir resistiéndose a la tentación de besarla. El suave suspiro que escapó de los labios de su amada incendió todo su cuerpo. Pero el deseo y la pasión podían esperar. Aquel era un beso de amor.

Emma lo rodeó con sus brazos y lo besó a su vez, expresándole todo el amor que sentía.

–Pensé que no querías saber nada del amor –comentó ella en voz baja, sonriendo.

–Eso era antes de conocerte. Todo cambió en el momento en que bajaste de ese tren en Vladimir –reconoció él con infinita ternura.

Emma cerró los ojos y recordó el día que se habían conocido. Tuvo la certeza de que él había sentido lo mismo que ella desde el principio. Algo que se había transformado en amor, incluso antes de que ambos hubieran descubierto que estaba embarazada. Eso solo podía significar una cosa.

–Entonces, nuestro hijo es fruto del amor, Nikolai –susurró ella.

Sujetándola del rostro, Nikolai la besó de nuevo. A su alrededor, la vida continuaba. Las voces de los paseantes, el murmullo del agua bajo sus pies, los pájaros cantando, los olores de la primavera... era el mejor escenario para el momento en que el hombre que ella quería le confesara su amor.

Cuando él se apartó, ella posó las manos en su pecho, que le latía acelerado, lleno de amor por ella.

–Te quiero, Nikolai Cunningham... con todo mi corazón –dijo ella, sonriendo, sus labios acariciándose.

–No tienes ni idea de lo aliviado que estoy de oírlo. Pensar que estabas enamorada de otro hombre me estaba haciendo pedazos –admitió él con seriedad.

Emma sabía lo difícil que había sido para él abrirle su corazón y hablarle de sus sentimientos.

–¿Esa es la razón por la que te fuiste de tu casa? –quiso saber ella–. Creí que no querías ni verme.

–¿Como tu padre? No, Emma, eso no pasará nunca. Lo hice porque no quería tentar al destino y arriesgarme a tener mala suerte en nuestro matrimonio, según la tradición. No podía arriesgarme a perderte, pero estaba demasiado ciego para darme cuenta de que te amaba.

–¿De verdad?

–Sí, pero también quería que Jess y tú tuvierais tiempo de estar juntas para hablar cosas de chicas sobre mí –añadió él, haciéndola reír.

Entonces, al pensar bien en lo que había dicho, Emma tuvo una sospecha.

–¿Nos oíste hablando?

Emma recordó que le había contado a su hermana que lo quería con todo su corazón. Pero, si él lo hubiera escuchado, no habían llegado a ese punto, ni se habría equivocado pensando que quería a Richard.

–Solo un poco –reconoció él, arqueando las cejas de forma divertida.

–Bueno, es obvio que no oíste la parte en que le confesaba a Jess lo mucho que te amo –comentó ella con una sonrisa provocadora.

–No, no escuché eso, pero me habría ahorrado mucho sufrimiento escucharlo, la verdad.

Emma rio con suavidad.

–Prefiero decírtelo yo en persona.

–En ese caso, adelante –repuso él, abrazándola con fuerza.

–Te quiero, Nikolai, mucho. Quiero casarme contigo. Hoy.

–¿De verdad? –replicó él con una sonrisa–. Entonces, estás de suerte. Lo tengo todo preparado para la boda perfecta con la mujer que amo.

Al mirarse el reloj, Emma soltó un grito sofocado.

–Tengo que irme ya. El hombre al que adoro va a hacerme su esposa y la mujer más feliz sobre la Tierra. Ojalá me esté esperando cuando llegue.

–Estoy seguro de que sí, porque te quiere locamente.

Epílogo

EMMA se puso un elegante vestido negro y se miró al espejo. La última vez que se había inspeccionado con tanto detenimiento había sido el día que se había probado el vestido de novia. En el presente, un año después, era madre de un precioso niño y más feliz que nunca en su vida.

–Como siempre, estás preciosa –dijo Nikolai y la besó en la nuca–. Será un honor acompañarte al ballet esta noche.

Emma se estremeció de nervios al pensar que Jess había tenido la oportunidad de debutar como primera bailarina.

–Espero que Jess esté tranquila. Es su primera actuación importante.

–¿Y qué mejor sitio que aquí, en Rusia, en su escuela? Es la estrella de la compañía. Le irá muy bien en la vida –aseguró Nikolai, calmándola.

Emma no podía creer que su hermana hubiera despertado el interés ya de otras compañías de ballet, cuando aún no había acabado sus estudios del todo. Jess tenía el mundo a sus pies. Era más de lo que nunca había soñado para su hermanita.

–Me hubiera gustado traer a Natham –comentó ella, girándose hacia Nikolai, entre sus brazos.

–Está bien con su abuela –repuso él, besándola con dulzura.

–Pero es la primera vez que nos vamos de Nueva

York sin él –dijo ella y sonrió cuando, por cómo arqueaba las cejas, comprendió que Nikolai tenía planes de aprovechar ese tiempo a solas, sin un bebé de seis meses reclamando su atención a todas horas.

–Eso es algo que pretendo disfrutar. Cuando hayamos visto actuar a Jess, pienso traerte de vuelta a esta habitación y a esta enorme cama. Quiero hacerte el amor toda la noche, para que no te quepan dudas sobre lo mucho que te adoro.

–¿Crees que es buena idea? –bromeó ella y lo besó en el mentón recién afeitado.

–¿Por qué lo preguntas? –replicó él con ojos chispeantes de deseo.

–Ya sabes lo que pasó la última vez que hicimos el amor en Rusia...

–Esta vez será distinto –aseguró él, besándola en la nuca.

Ella cerró los ojos, sumergiéndose en el placer de sus besos.

–¿En qué?

–Esta vez, cada beso y cada caricia míos te confirmaran que te quiero.

Emma se perdió en su hermoso rostro. Casi no podía creerse lo feliz que era.

–Todo lo que haces por mí, Nikolai, me demuestra tu amor. No podría ser más dichosa.

–Pero quiero seguir demostrándotelo, de todas formas.

–Entonces, ¿quién soy yo para impedírtelo? –dijo ella, riendo.

Nikolai la contempló un momento con gesto serio.

–Eres mi esposa, la madre de mi hijo y la mujer que amo con todo mi corazón.

Bianca

¡Su actitud cambió a medida que pasaban los tórridos días y las cálidas noches del verano!

Danilo se había encerrado en sí mismo tras el accidente de tráfico que robó la vida a sus padres y dejó a su hermana en una silla de ruedas; pero, al ver a Tess Jones en peligro, su instinto protector lo empujó a salvarla y a ofrecerle refugio en su imponente palacio de la Toscana.

Tess Jones podía ser virgen, pero sabía lo que quería en materia de hombres y, por muy sexy que fuera aquel italiano, no se parecía a lo que buscaba. Sin embargo, terminó por rendirse a Danilo, y a una pasión que la cambió completo. Solo faltaba una cosa: conseguir que su amante venciera a los fantasmas de su pasado y se dejara llevar.

CAUTIVO DEL PASADO

KIM LAWRENCE

Acepte 2 de nuestras mejores novelas de amor GRATIS

¡Y reciba un regalo sorpresa!

Deseo

Divorcio apasionado
Kathie DeNosky

Blake Hartwell era un apuesto campeón de rodeos con todo el dinero que pudiera desear y muy buena mano con las damas. Sin embargo, Karly Ewing tan solo deseaba divorciarse de él. El precipitado romance que vivieron en Las Vegas terminó en boda, pero dar el sí quiero fue un error; por ello, Karly fue al rancho de Blake con los papeles del divorcio en la mano, pero una desafortunada huelga la dejó aislada con el único hombre al que no podía resistirse. ¿Conseguiría la tentación que aquel romance terminara felizmente o acaso los secretos de Blake acabarían separándolos para siempre?

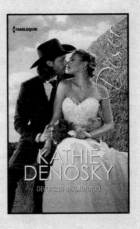

No iba a ser tan fácil romper
con la pasión que les unía

¡YA EN TU PUNTO DE VENTA!

Bianca

¿Se rendiría al desconocido de Cayo Orquídea?

Lo único que conocía Lily Fielding era aquella pequeña y segura isla caribeña. Pero la aparición de un intrigante recién llegado estaba a punto de cambiarlo todo, porque el despertar sensual que aquel hombre prometía resultaba a la vez embriagador y prohibido...

Raphael Oliveira debería resistirse a la tentación que la hermosa Lily representaba. Después de todo, era consciente de que allí donde él iba el peligro le seguía... pero, una vez que Lily estuvo bajo su hechizo, la intensa pasión de Rafe y su oscuro pasado amenazaban con destruirlos a los dos.

HARLEQUIN *Bianca*

AL SOL DEL AMOR
ANNE MATHER

AL SOL DEL AMOR

ANNE MATHER

5